U0695794

元诗别裁集

张景星　姚培谦　王永祺◎编

吉林出版集团股份有限公司

图书在版编目（ＣＩＰ）数据

元诗别裁集 / 张景星，姚培谦，王永祺编 . —长春：
吉林出版集团股份有限公司，2017.6（2021.5 重印）
（昨日芳菲：近现代名家经典作品丛刊 / 杜贞霞主编）

ISBN 978-7-5581-2737-3

Ⅰ . ①元… Ⅱ . ①张… ②姚… ③王… Ⅲ . ①古典诗歌—诗集—中国—元代 Ⅳ . ① I222.747

中国版本图书馆 CIP 数据核字（2017）第 130526 号

元诗别裁集

编　　者	张景星　姚培谦　王永祺	
策划编辑	杜贞霞	
责任编辑	齐　琳　史俊南	
封面设计	老　刀	
开　　本	650mm×960mm　　1/16	
字　　数	180 千字	
印　　张	13	
版　　次	2017 年 10 月第 1 版	
印　　次	2021 年 5 月第 2 次印刷	
出　　版	吉林出版集团股份有限公司	
电　　话	总编办：010-63109269	
	发行部：010-69584388	
印　　刷	三河市京兰印务有限公司	

ISBN 978-7-5581-2737-3　　　　　　定价：39.80 元

目　录

序

  元诗选本，自苏天爵《文类》诗以下，不及数家，或传或微。迨我朝顾太史广搜博采，秀野草堂所刻，号为极富，然意主于备一代之文献，虽稍已汰繁芜而存雅正，若乃别裁去取，精之又精，俾学者由是而之焉，循元诗盛轨，弗坠唐音，而溯源于《风》、《骚》、汉、魏，则犹有待也。人谓元诗纤弱逊宋，此未究元人大全，遽为一方之论也。遗山未尝仕元，而巨手开先，冠绝于时，固不必言。至如赵、虞、杨、范，皆卓然成家为正宗，晋卿、道传，代兴无愧。其余骋奇斗丽，不一而足，掇锦囊之逸藻，嗣玉溪之芳韵，又非独雁门、铁崖已也。盖宋诗末流之弊也，为粗率，为生硬；元诗则反是。欲救宋诗流弊，舍元曷以哉？读《百一钞》，沨沨乎，洋洋乎，气格声调，进乎古矣。正变以揽诸公之长，故不隘；出入略以三唐为准，故不滥。殆韦相序《又元集》所云"金盘餐沆瀣，花界食醍醐"者耶！学者由是而之焉，循元诗盛轨，弗坠唐音，而溯源于《风》、《骚》、汉、魏，则是钞岂惟足以供咏吟资捃扯而已。

    时乾隆甲申嘉平月 耐庵 沈钧德 序

1

卷一　五言古

元好问

箕　山

幽林转阴崖，鸟道人迹绝。许君栖隐地，唯有太古雪。人间黄屋贵，物外只自洁。尚厌一瓢喧，重负宁所屑。降衷均义禀，汩利忘智决。得陇又望蜀，有齐安用薛？干戈几蛮触，宇宙日流血。鲁连蹈东海，夷齐采薇蕨。至今阳城山，衡华两丘垤。古人不可作，百念肝肺热。浩歌北风前，悠悠送孤月。

缑山置酒 同内翰冯丈叔献、雷兄希颜赋诗，分韵得"宾"字。

灵宫肃清晓，细柏含古春。人言王子乔，鹤驭此上宾。白云山苍苍，平田木欣欣。登高览元化，浩荡融心神。西望洛阳城，大路通平津。行人细如蚁，扰扰争红尘。蓬莱风涛深，鬓毛日夜新。殷勤一杯酒，愧尔云间人。

光武台

东南地上游，荆楚兵四冲。游子十月来，登高送长鸿。当年赤帝孙，提剑起蒿蓬。一顾滍水断，再顾新都空。雷霆万万古，青天看飞龙。巍然此遗台，落日荒烟重。谁见经纶初，指挥走群雄。白水日夜东，石麟几秋风。空余广武叹，无复云台功。

颍亭留别同李冶仁卿、张肃子敬、王元亮子正分韵得"画"字。

故人重分携，临流驻归驾。乾坤展清眺，万景若相借。北风三日雪，太素秉元化。九山郁峥嵘，了不受陵跨。寒波淡淡起，白鸟悠悠下。怀归人自急，物态本闲暇。壶觞负吟啸，尘土足悲咤。回首亭中人，平林淡如画。

滹亭

春物已清美，客怀自幽独。危亭一徘徊，倏然若新沐。宿云淡野川，元气浮草木。微茫尽楚尾，平远疑杜曲。生平远游赋，吟讽心自足。揭来著世网，抑抑就边幅。人生要适情，无荣复何辱。乾坤入望眼，容我谢羁束。一笑白鸥前，春波动新绿。

出京史院得告归嵩山侍下。

从宦非所堪，长告欣得请。驱马出国门，白日触隆景。半生无根著，飘转如断梗。一昨随牒来，六月阻归省。城居苦湫隘，群动日蛙黾。惭愧山中人，团茅遂幽屏。尘泥久相浼，梦寐见清

3

颍。矫首孤云飞，西南路何永。

少 林

云林入清深，禅房坐萧爽。澄泉洁余习，高鸟唤长往。我无元豹姿，漫有紫霞想。回首山中云，灵芝日应长。

刘曲龙潭

层冰积浩荡，陵谷低吞吐。窈窕转幽壑，突兀开净宇。回头山水县，亦复堕尘土。孤云铁梁北，宇宙一仰俯。风景初不殊，川涂忽修阻。寒潭海眼净，黝黑自太古。蛰龙何年卧，万国待霖雨。谁能裂苍崖，雷风看掀举。（山中人岁旱则转大石入潭中以骇龙，瞬息致雨，故云。）

龙门杂诗

石楼绕清伊，尘土天所限。人言无僧久，草满不复铲。滩声激悲壮，山意出高蹇。当年香山老，挂冠遂忘返。高情留诗轴，清话入禅版。谁言海山去，萧散仍在眼。溪寒不可涉，倚杖西林晚。

晓发石门渡湍水道中 《水经》，湍音专。

疏星淡秋明，阴霞绚朝映。积雨成坐愁，晨光动幽兴。石门归驭引，湍浦渔舠并。旷荡万景新，归藏四山静。平湖风漪绿，远岸秋沙净。洋洋游鱼逝，泛泛轻鸥泳。隐显乖夙心，感遇见真性。倦游时自悼，违己将安竟。忧端从中来，茫茫发孤咏。

戴表元

宿福海寺

斫岩苍龙角，汲流紫云根。道人不绝俗，自然无耳喧。屋脊挂修岭，一日过千辕。此中但高卧，松风有清言。听之亦无有，风定松在门。炊成我欲去，独鹤鸣朝暾。

黄　庚

约王琴所不来舟中偶成

清飚卷炎埃，碧水出秋素。迢迢见山亭，回首隔烟雾。酒帘扬渔村，笳鼓响军戍。倚篷问舟人，云是三江路。篱落鸡欲栖，野水牛已渡。钓翁吹荻烟，稚子收渔具。抱琴人不来，残阳在高树。

赵孟𫖯

张詹事遂初亭

青山缭神京，佳气溢芳甸。林亭去天咫，万状争自献。年多嘉木合，春晚余花殿。雕阑留戏蝶，藻井语娇燕。退食鸣玉珂，友于此终宴。钟鼓乐清时，衣冠集群彦。朝市尘得侵，图书味方远。纷华虽在眼，道胜安用战？初心良已遂，雅志由此见。何事江海人，山林未如愿。

题耕织图二十四首奉懿旨撰

田家重元日，置酒会邻里。小大易新衣，相戒未明起。老翁年已迈，含笑弄孙子。老妪惠且慈，白发被两耳。杯盘且罗列，饮食致甘旨。相呼团圞坐，聊慰衰莫齿。田硗借人力，粪壤要锄理。新岁不敢闲，农事自兹始。正月。

东风吹原野，地冻亦已消。早觉农事动，荷锄过相招。迟迟朝日上，炊烟出林梢。土膏脉既起，良耜利若刀。高低遍翻垦，宿草不待烧。幼妇颇能家，井臼常自操。散灰缘旧俗，门径环周遭。所冀岁有成，殷勤在今朝。二月。

良农知土性，肥瘠有不同。时至万物生，芽蘖由地中。秉耒向畎亩，忽遍西与东。举家往于田，劳瘁在尔农。春雨及时降，被野何蒙蒙。乘兹各播种，庶望西成功。培根利秋实，仰天望年丰。但使阴阳和，自然仓廪充。三月。

孟夏土加润，苗生无近远。漫漫冒浅陂，芃芃被长阪。嘉谷虽已殖，恶草亦滋蔓。君子与小人，并处必为患。朝朝荷锄往，薅耨忘疲倦。旦随鸟雀起，归与牛羊晚。有妇念将饥，过午可无饭。一饱不易得，念此独长叹。四月。

仲夏苦雨干，二麦先后熟。南风吹陇亩，惠气散清淑。是为农夫庆，所望实其腹。酤酒醉比邻，语笑声满屋。纷然收获罢，高廪起相属。有周成王业，后稷播百谷。皇天贻来牟，长世自兹卜。愿言仍岁稔，四海尽蒙福。五月。

当昼耘水田，农夫亦良苦。赤日背欲裂，白汗洒如雨。匍匐行水中，泥淖及腰膂。新苗抽利剑，割肤何痛楚。夫耘妇当馌，奔走及亭午。无时暂休息，不得避炎暑。谁怜万民食，粒粒非易取。愿陈知稼穑，《无逸》传自古。六月。

大火既西流，凉风日凄厉。古人重稼穑，力田在匪懈。效行省农事，禾黍何旆旆。碾以他山石，玉粒使人爱。大祀须粢盛，一一稽古制。是为五谷长，异彼稊与稗。炊之香且美，可用享上帝。岂惟足食人，一饱有所待。七月。

白露下百草，茎叶日纷委。是时禾黍登，充积遍都鄙。在郊既千庾，入邑复万轨。人言田家乐，此乐谁可比。租赋以输官，所余足储峙。不然风雪至，冻馁及妻子。优游茅檐下，庶可以卒岁。太平元有象，治世乃如此。八月。

大家饶米面，何啻百室盈。纵复人力多，舂磨常不停。激水转大轮，砲碾亦易成。古人有机智，用之可厚生。朝出连百车，莫入还满庭。勾稽数多寡，必假布算精。小人好争利，昼夜心营营。君子贵知足，知足万虑轻。九月。

孟冬农事毕，谷粟既已藏。弥望四野空，藁秸亦在场。朝廷政方理，庶事和阴阳。所以频岁登，不忧旱与蝗。置酒燕乡里，尊老列上行。肴羞不厌多，炰羔复烹羊。纵饮穷日夕，为乐殊未央。祷天祝圣人，万年长寿昌。十月。

农家值丰年，乐事日熙熙。黑黍可酿酒，在牢羊豕肥。东邻有一女，西邻有一儿。儿年十五六，女大亦可笄。财礼不求备，多少取随宜。冬前与冬后，昏嫁利此时。但愿子孙多，门户可扶持。女当力蚕桑，男当力耘籽。十一月。

一日不力作，一日食不足。惨淡岁云莫，风雪入破屋。老农气力衰，伛偻腰背曲。索绹民事急，昼夜互相续。饭牛欲牛肥，茭藁亦预蓄。蹇驴虽劣弱，挽车致百斛。农家极劳苦，岁岂恒稔熟。能知稼穑艰，天下自蒙福。十二月。

右耕。

正月新献岁，最先理农器。女工并时兴，蚕室临期治。初阳力未胜，早春尚寒气。窗户当奥密，勿使风雨至。田畴耕耰动，敢不修末耜。经冬牛力弱，相戒勤饭饲。万事非预备，仓卒恐不易。田家亦良苦，舍此复何计？正月。

仲春冻初解，阳气方满盈。旭日照原野，万物皆欣荣。是时可种桑，插地易抽萌。列树遍阡陌，东西各纵横。岂惟篱落间，采叶惮远行。大哉皇元化，四海无交兵。种桑日已广，弥望绿云平。匪惟锦绮谋，只以厚民生。二月。

三月蚕始生，纤细如牛毛。婉娈闺中女，素手握金刀。切叶以饲之，拥纸散周遭。庭树鸣黄鸟，发声和且娇。蚕饥当采桑，何暇事游遨。田时人力少，丈夫方种苗。相将挽长条，盈筐不终朝。数口望无寒，敢辞终岁劳。三月。

四月夏气清，蚕大已属眠。高首何昂昂，蛾眉复娟娟。不忧桑叶少，遍野如绿烟。相呼携筐去，迢递立远阡。梯空伐条枚，叶上露未干。蚕饥当早归，秉心静以专。饬躬修妇事，俛勉当盛年。救忙多女伴，笑语方喧然。四月。

五月夏以半，谷莺先弄晨。老蚕成雪茧，吐丝乱纷纭。伐苇作薄曲，束缚齐榛榛。黄者黄如金，白者白如银。烂然满筐筥，爱此颜色新。欣欣举家喜，稍慰经时勤。有客过相问，笑声闻四邻。论功何所归？再拜谢蚕神。五月。

釜下烧桑柴，取茧投釜中。纤纤女儿手，抽丝疾如风。田家五六月，绿树阴相蒙。但闻缲车响，远接村西东。旬日可经绢，弗忧杼轴空。妇人能蚕桑，家道当不穷。更望时雨足，二麦亦稍丰。酤酒田家饮，醉倒姁与翁。六月。

七月暑尚炽，长日弄机杼。头蓬不暇梳，挥手汗如雨。嘤嘤时鸟鸣，灼灼红榴吐。何心娱耳目，往来忘伛偻。织为机中素，老幼要纫补。青灯照夜梭，蟋蟀窗外语。辛勤亦何有，身体衣几缕？嫁为田家妇，终岁服劳苦。七月。

池水何洋洋，沤麻水中央。数日庶可取，引过两手长。织绢能几时，织布已复忙。依依小儿女，岁晚叹无裳。布襦不掩胫，念之热中肠。朝缉满一篮，莫缉满一筐。行看机中布，计日渐可量。我衣苟已成，不忧天早霜。八月。

季秋霜露降，凛凛寒气生。是月当授衣，有布织未成。天寒催刀尺，机杼可无营。教女学纺纻，举足疾且轻。舍南与舍北，嘻嘻闻车声。通都富豪家，华屋贮娉婷。被服杂罗绮，五色相间明。听说贫家女，恻然当动情。九月。

丰年禾黍登，农心稍逸乐。小儿渐长大，终岁荷锄镬。目不识一字，每念心作恶。东邻方迎师，收拾令上学。后月日南至，相贺因旧俗。为女裁新衣，修短巧量度。龟手事塞向，庶御北风虐。人生真可叹，至老长力作。十月。

冬至阳来复，草木渐滋萌。君子重其然，吾道自此亨。父母坐堂上，子孙列前荣。再拜称上寿，所愿百福并。人生属明时，四海方太平。民无札瘥者，厚泽敷群情。衣食苟给足，礼义自此生。愿言兴学校，庶几教化成。十一月。

忽忽岁将尽，人事可稍休。寒风吹桑林，日夕声飕飗。墙南地不冻，垦掘为坑沟。斫桑埋其中，明年芽早抽。是月浴蚕种，自古相传流。蚕出易脱壳，丝纩亦倍收。及时不努力，知有来岁不。手冻不足惜，冀免号寒忧。十二月。

右织。

贡 奎

题陈氏所藏著色山水图

独卧晓慵起，梦中千万山。推窗烟云满，一笑咫尺间。袅袅美人妆，金碧粲笄鬟。素波净如镜，绿巘点溪湾。美哉笔墨工，貌此意度闲。孤禽立圆沙，渔舟远来还。我方厌阛市，坐对忘朝餐。安得林下扉，深居长掩关。

虞 集

赤城馆

雷起龙门山，雨洒赤城观。萧骚山木高，浩荡尘路断。鱼龙喜新波，燕雀集虚幔。开户微风兴，倚杖众云散。

揭傒斯

山水卷

稍稍云木动，蔼蔼烟峰乱。远浦引归桡，双崖临绝岸。方思隐沦客，欲结渔樵伴。水阔山更遥，幽期空汗漫。

重饯李九时毅赋得南楼月

娟娟临古戍，晃晃辞烟树。寒通云梦深，白映苍祠莫。胡床看逾近，楚酒愁难驻。雁背欲成霜，林梢初泫露。故人明夜泊，相望定何处？且照东湖归，行送归舟去。

黄　溍

游西山同项可立宿灵隐西庵

薄游厌人境，振策穷幽躅。理公所开凿，遗迹在岩麓。秋杪霜叶丹，石面寒泉绿。仰窥条上猿，攀萝去相逐。物情一何适，人事有羁束。却过猊峰回，遥望松林曲。前山夜来雨，湿云涨崖谷。缥缈辨朱甍，禅房带修竹。故人丹丘彦，抱被能同宿。名篇聊一咏，异书欣共读。蹉跎未闻道，黾勉尚干禄。夙有丘壑期，吾居几时卜？

萨都剌

秋日池上

顾兹林塘幽，消此闲日永。飘风乱萍踪，落叶散鱼影。天清晓露凉，秋深藕花冷。有怀无与言，独立心自省。

贡师泰

遣 怀

日入柳风息，月上花露多。东轩颇幽敞，夜静时一过。鸟散庭中树，虫鸣阶下莎。北斗何低昂，疏星没横河。独赏谁晤语，感慨成悲歌。怀哉岩桂台，邈在姑山阿。

姑孰道中

朝发慈姥山，莫宿吴公桥。日入气犹溽，清怀厌烦嚣。隔江风雨至，绿树凉萧萧。邻舟颇相好，有酒忽见招。明发波浪阔，相望一何遥。

迺 贤

赋环波亭送杨校勘归豫章

积水敞华构，参差带幽壑。微风动轻蘋，绿云泛珠箔。天空夕阴敛，川回游鳞跃。徘徊沧洲梦，露下翠衾薄。公子属鸣珮，逍遥陟延阁。微吟省树移，缓步庭花落。放舟返春渚，言恣林泉乐。挥觞靡可留，怅望青山郭。

吴师道

德兴开化道中三首

春晨气澄穆，杂卉香满路。百舌鸣高林，墟烟淡如雾。农夫启门出，在野各有务。行人独何为，憧憧自来去。

宿云逗疏雨，睒睒吐晨旭。晴光动千花，霞雪眩川谷。白鹇戏深丛，黄鸟鸣灌木。俯仰竟忘疲，历此溪百曲。

两崖苍石间，湍水激清泻。山桃烂红芳，光影连上下。春风忽怒起，意乃媚行者。飞花扑人来，揽之欲盈把。

周 权

夏日偕友晚步饮听泉轩

终日局环堵，散策穷深幽。嘉我二三子，落落诚罕俦。适意随所诣，行行遂经丘。青松如高人，含风自萧飕。夕云度深翠，爽气衣上浮。石根泻幽泉，戛戛锵琳球。乐彼泉上趣，幽构飞岑楼。新兰秀而滋，旧竹清且修。款我情颇厚，清尊频献酬。盘桓有余乐，啸傲成迟留。池深风露香，荷意淡欲秋。饮散众喧息，微月生林陬。

接竹引泉

苍润隐石脉，幽源迸山椒。连筒入云窦，势接河汉遥。引兹一线秋，高下穿林梢。联络袅相拄，旋折不辞劳。挽之归我庐，晴雨注屋茆。乍窒或细细，久续俄嘈嘈。空阶落琴筑，虚瓮鸣钧韶。盥泡足自洁，心迹良已超。固无鼎釜珍，颇煮溪涧毛。未能学许由，厌喧解风瓢。

湘　中

天寒楚云净，木落湘山幽。空江夜来雨，水满芦花洲。西风何渺渺，沧波日悠悠。有怀谁与言，注目孤鸿秋。

许　谦

莫过东津馆

薄莫下东津，滩急舟剧箭。渔灯互明灭，陇月时隐见。清飔从东来，凉气袭我面。目送两山青，天长净如练。

陈　高

岁首自广陵入高邮舟中作

北风吹湖水，远行当岁徂。孤舟无同人，相依唯仆夫。遥睇高邮城，仿佛十里余。落日去地远，飞雁与云俱。悠悠思故乡，邈在天南隅。慈亲倚门望，我身犹道途。羁旅岂足恤，但念骨肉疏。何当脱行路，归卧山中庐。

种橦花

炎方有橦树，衣被代蚕桑。舍西得闲园，种之漫成行。苗生初夏时，料理晨夕忙。挥锄向烈日，洒汗成流浆。培根浇灌频，高者三尺强。鲜鲜绿叶茂，灿灿金英黄。结实吐秋茧，皎洁如雪霜。及时以收敛，采采动盈筐。缉治入机杼，裁剪为衣裳。御寒类挟纩，老稚免凄凉。豪家植花卉，纷纷被垣墙。于世竟何补，争先玩芬芳。弃取何相异，感物增惋伤。

周伯琦

野狐岭岭界南北，甚寒，南下平地则暄矣。

高岭出云表，白昼生虚寒。冰霜四时凛，星斗咫尺攀。其阴控朔部，其阳接燕关。涧谷深叵测，梯磴纡百盘。坳垤草披拂，崎岖石巑岏。轮蹄纷杂遝，我马习以安。恍然九天上，熙熙俯人寰。连冈束重隘，拱挹犹城垣。停鞭履平地，回首势望尊。绵衣遂顿减，长途汗流鞿。亭柳荫古道，园果登御筵。境虽居庸北，物色幽蓟前。始悟一岭隔，气候殊寒暄。小邑名宣平，相距两舍间。牛羊岁蕃息，土沃农事专。野人敬上官，柴门莫款延。休养嘉承平，禹迹迈古先。汉唐所羁縻，今则同中原。大哉舆地图，垂创何其艰！张皇我六师，金汤永深坚。

陈 基

分署望凤凰山

秋气日以佳，微云不成雨。青山天际来，与我为宾主。飞龙及舞凤，突兀在庭户。须臾雾霭收，草树粲堪数。謇予麋鹿姿，讵意婴圭组。蹙缩匪天真，驱驰漫尘土。偶坐属无喧，晴容湛空宇。欲去复踟蹰，此意谁当与？

夏夜怀李尚志

蟋蟀已在壁，烦暑犹未歇。离居感时序，忧端难断绝。绿树含微风，明河湛秋月。念子行未归，徘徊至明发。

张 宪

胡姬年十五拟刘越石

胡姬年十五，芍药正含葩。何处相逢好，并州卖酒家。面开春月满，眉抹远山斜。一笑既相许，何须罗扇遮。

杨维桢

送客洞庭西

送客洞庭西，雷堆青两两。陈殿出空明，吴城连苍莽。春随湖色深，风将潮声长。杨柳读书堂，芙蓉采菱桨。怀人故未休，望望欲成往。

倪　瓒

春日云林斋居

池泉春涨深，径苔夕阴满。讽咏《紫霞篇》，驰情华阳馆。晴岚拂书幌，飞花浮茗碗。阶下松粉黄，窗间云气暖。石梁萝茑垂，翳翳行踪断。非与世相违，冥栖久忘返。

述　怀

读书衡茅下，秋深黄叶多。原上见远山，被褐起行歌。依依墟里间，农叟荷蓧过。华林散清月，寒水淡无波。遐哉栖遁情，身外岂有它。人生行乐耳，富贵将如何！

丙子岁十月八日夜泊阊门将还溪上有怀友仁陆征君

明发辞吴会，移舟夜淹泊。空宇垂繁星，微云暝前郭。沉沉抱冲素，悄悄伤离索。归扫松径苔，迟君践幽约。

戊寅十二月丹丘柯博士过林下赋诗次韵酬答

积雪被长坂，卧疴守中林。山川虽云阻，舟楫肯见寻。倾盖何必旧，相知亦已深。惊风飘枯条，清池冒重阴。联翩双黄鹄，飞鸣绿水浔。顾望思郁纡，裴徊发悲吟。愿言齐羽翼，金石固其心。欢乐何由替，黄发期满簪。

己卯正月十八日与申屠彦德游虎丘得客字

余适偶入城，本是山中客。舟经二王宅，吊古览陈迹。松阴始亭午，岚气忽敛夕。欲去仍裴徊，题诗满苔石。

寄李隐者

南汀新月色，照见水中巅。便欲乘清影，缘源访隐沦。君住钿山湖，绿酒松花春。梦披寒雪去，疑是剡溪滨。

对 酒

题诗石壁上，把酒长松间。远水白云度，晴天孤鹤还。虚亭映苔竹，聊此息跻攀。坐久日已夕，春鸟声关关。

早春对雨寄怀张外史

林卧苦泥雨，忧来不可绝。掀帏望天际，春风吹木末。飞萝散成雾，细草绿如发。念子独高世，南山修隐诀。抚弄无弦琴，招邀青天月。神安形不凋，迹高行自洁。思之不可见，饥渴何由歇。愿为鸾鹄翔，南游拂松雪。

王　逢

秋夜叹

大星芒鬣张，小星光华开。皇天示兵象，胜地今蒿莱。河岳气不分，烛龙安在哉？参赞道岂谬，积阴故迟回。疏风夜萧萧，野磷纷往来。安知非游魂，相视白骨哀。汩汩饮马窟，云冥望乡台。于时负肝胆，慷慨思雄材。

钱　选

题浮玉山居图

瞻彼南山岑，白云何翩翩。下有幽栖人，啸歌乐徂年。丛石映清泚，嘉木淡芳妍。日月无终极，陵谷从变迁。神襟轶寥廓，兴寄挥五弦。尘影一以绝，招隐奚足言？

陈 孚

烟寺晚钟

山深不见寺，藤阴锁修竹。忽闻疏钟声，白云满空谷。老僧汲水归，松露堕衣绿。钟残寺门掩，山鸟自争宿。

何 中

春风如少年效程汉翁

春风如少年，狂逐无定处。垂杨曲江堤，细草东郊路。只言今似昔，不悟新非故。流水何时归，残莺数声暮。

招仙观

逶迤溪南路，窈窕招仙谷。空堂两道人，残棋映深竹。一叶响疏篱，双鸦啼高屋。出门随归人，远烧在山麓。

知非堂夜坐

前池荷叶深，微凉坐来爽。人归一犬吠，月上百虫响。余非洽隐沦，隙地成偃仰。林端斗柄斜，抚心独凄怆。

游乐安穆山寺

秋阴出南郭，佳色来远山。悠然渡野水，却宿前林间。朝气锐幽步，相携上屏颜。行穿绿萝远，共爱青杉闲。已穷高原路，忽得双石关。飞烟带香气，深木藏幽潺。景晏钟磬寂，桂花满苔斑。道人一尊酒，时听风珊珊。多悟从此始，尘缘谅能删。空廊对微雨，亦复不知还。

发新涂金水亭

振衣上野航，回首谢山阪。日淡秋水空，风清片帆远。沙光侵岸发，峰影随人转。前渡烟水深，离亭路今缅。

晓发辞夫矶时李洞溉之先行

荻暗鸡鸣村，平皋下残月。参差邻舫语，橹声带潮发。露华望中白，篷阴散秋发。沙鸟知曙鸣，海云上空灭。念我前行友，青山已飞越。迟尔及相携，无嗟赏心歇。

照武西塔山报恩寺

山椒敞禅扃，幽欣失微倦。密林稍深沉，新笋亦葱蒨。磴折迎空香，台虚得清啭。芸芸趋前尘，往往遗胜践。始知佛力宏，能使地灵见。市声俯一席，山色照三面。郡小览易穷，兴高赏难遍。微生谅何缘，周流散邅眷。

早　起

觉来日已升，花梢众禽语。何许白浮萍，池间散还聚。起见梅已空，夜来几更雨。鱼行春到水，草暖香在露。溪上人语喧，樵薪满沙路。

枥　溪

林岭甚可爱，溪源无尽时。山花已乱发，烟暖东风迟。因与采樵者，坐谈树阴移。日斜自归缓，我兴非人知。

樟树镇五公寺

久幽厌拘维，暂弛欣舒散。近关得禅扉，择步历苍藓。沉沉松阴重，滟滟水光远。残花起余香，乳禽响新啭。虚廊清昼长，高僧坐谈简。学空素所昧，虑妄还自遣。移暑始知归，生烟满林晚。

傅若金

和赵德隆秋夕雨

落景翳重城，阴凝起初夕。萧条飞雨至，散漫轻飔激。洒幌静弥多，喧檐暴复息。清商乱急管，遥怨生离席。游子恒念乡，气凄感时易。既兴《北风》叹，亦抱《南山》戚。晨鸡不废度，征雁无宁翼。向道乖凤期，寸阴违所惜。咏歌良可兴，幽怀坐填积。

题宜春钟清卿清露轩清卿能琴。

秋气集太虚，夕光溥高树。时闻阴液坠，暗识商飚度。旎旎星动林，英英月霏雾。凉肩息尘想，幽琴寄元悟。寂历松上声，逍遥丘中趣。钧天澹斜景，银汉蔼微素。古调今所稀，大音谁能喻？仙人饮沆瀣，寿命金石固。千岁不可期，空歌徒延慕。

黄清老

访子威都事不遇

清晓抱绿绮，来就夫君弹。夫君久已出，野水流花间。石涧度微雨，秋生湖上山。松阴坐永日，心与云俱闲。人事有离合，白鸥聊共还。

福山庵

晨光海上来，云气升万壑。鸡鸣落花中，残钟度城郭。庵僧戴星出，我自饭藜藿。宁知天地心，但有山水乐。书灯夜摇动，雾气侵几阁。开扉得新月，欲掩见栖雀。烟霞暂相违，笔砚庶有托。但留松间雪，付与双白鹤。庭柯换故叶，林竹脱新箨。何日芝草开，拏舟赴前约。

刘诜

送范主一宪郎

庸夫老丘里，志士轻山川。古来环辙人，往往皆才贤。范君绣衣家，白璧生蓝田。清游半朔南，征衫积涛烟。崇台交辟剡，思亲理归船。吴州肯暂驻，风概倾四筵。挥毫走秋蛟，吐句纡春涎。清霜净江波，水花寒更妍。櫂讴催客发，风正帆始悬。翩翩凤皇翎，终当仪九天。

出墅初冬

邻春五更动，机杼响俱发。薄霜厉曾宇，天西辗孤月。驿马嘶不已，壁蛩鸣乍歇。故人期不来，山庄多落叶。

戴良

赠别吕用明

旅雁薄霄游，轻鸥掠水飞。相逢多间阻，所向有高卑。偶此风雨过，解后洲渚湄。翩翩形影乱，嗷嗷鸣声悲。日落水气寒，月高风景移。赠缴发中流，又复夜惊离。回翔空有志，栖宿定何时。飘飘天衢上，往慎子毛衣。

赠别祝彦明

怅望临荒蹊，驱驰骋遌步。江纡练月初，山标彩霞莫。天长路易迷，水深舟难渡。征人去不息，倦仆立相顾。此时悲送君，安能发不素？

抵富阳宿县治作

戾戾风荡波，鳞鳞云出崿。乘轺临安道，指景富春郭。是节春已暮，遥途寒尚薄。升阳对人掩，倾润洒衣落。解鞍憩危岭，倚剑望幽壑。饥禽声固惨，哮虎势尤恶。既暝入公署，息念坐尘阁。俯思还浦鱼，仰忆回风鹤。以之念乡县，临觞不能酌。

宿高密

长途跋且涉，征车驰复息。晓旦发东胶，落景次高密。城居不几户，驿舍仅容膝。仆马立空旷，徒侣话曛黑。客情既牢落，世议复纷惑。前险虽幸过，后艰方未测。骨肉在远道，亲朋皆异域。纵云当别家，胡乃轻去国？明朝望乡处，呜咽泪沾臆！

湖下对雨有怀天渊老禅

空蒙暗遥甸，渐沥响高树。乍萦林表来，复洒重湖去。潇潇孤兴发，望望寒川莫。念与道人期，云深不知处。

谢应芳

倪元镇过娄江寓舍因偕智愚隐游姜公墩得如字

秋暑贾余勇，怀抱方焚如。故人江上来，风雨与之俱。遂令沸羹鼎，化为寒露壶。幽寻陟崇丘，飘飘素霞裾。同游得名缁，吟啸兴不孤。大树倚高盖，小酌欢有余。三江五湖上，群峰开画图。独怜我乡土，烟尘尚模糊。安知艰虞世，得此暇日娱。一笑百虑忘，松风奏笙竽。

甘 复

宿山家

木落秋满山，窗虚夜凉集。风吹海月生，露洗苔衣湿。野客爱清泠，长瓢暝中汲。

晓出西园由谷中归

披褐入西园，烦襟散清晓。微风动高树，零露下芳沼。始行幽谷中，忽出青林杪。流水漂余花，修筠度啼鸟。身缘翠石回，思逐白云杳。负杖孤赏怀，春阑绿阴悄。

李　序

远愁曲

　　桃杏忽已残，秾花逐流水。绿阶日色重，芳草青靡靡。飞燕衔落花，春风共吹起。飘散不相知，愁心满千里。

卷二　七言古

元好问

游黄华山

黄华水帘天下绝，我初闻之雪溪翁。丹霞翠壁高欢宫，银河下濯青芙蓉。昨朝一游亦偶尔，更觉摹写难为功。是时气节已三月，山木赤立无春容。湍声汹汹转绝壑，雪气凛凛随阴风。悬流千丈忽当眼，芥蒂一洗平生胸。雷公怒激散飞雹，日脚倒射垂长虹。骊珠百斛供一泻，海藏翻倒愁龙公。轻明圆转不相碍，变见融结谁为雄？归来心魄为动荡，晓梦月落春山空。手中仙人九节杖，每恨胜景不得穷。携壶重来岩下宿，道人已约山樱红。

王右丞雪霁捕鱼图

江云溟溟阴晴半，沙雪离离点江岸。画中不信有天机，细向树林枯处看。渔浦移家愧未能，扁舟萧散亦何曾？白头岁月黄尘底，笑杀高人王右丞。

泛舟大明湖 待杜子不至。

长白山前绣江水，展放荷花三十里。看山水底山更佳，一堆苍烟收不起。山从阳丘西来青一弯，天公掷下半玉环。大明湖上一杯酒，昨日绣江眉睫间。晚凉一棹东城渡，水暗荷深若无路。江妃不惜水芝香，狼籍秋风与秋露。兰襟郁郁散芳泽，罗袜盈盈见微步。晚晴一赋画不成，枉著风标夸白鹭。我时骖鸾追散仙，但见金支翠蕤相后先。眼花耳热不称意，高唱吴歌叩两舷。唤取樊川摇醉笔，风流聊与付他年。

涌金亭示同游诸君

太行元气老不死，上与左界分山河。有如巨鳌昂头西入海，突兀已过余坡陀。我从汾晋来，山之面目腹背皆经过。济源盘谷非不佳，烟景独觉苏门多。涌金亭下百泉水，海眼万古留山阿。鼚沸泺水源，滺沦晋溪波。云雷涵鬼物，窟宅深蛟鼍。水妃簸弄明月玑，地藏发泄天不呵。平湖油油碧于酒，云锦十里翻风荷。我来适与风雨会，世界三日漫兜罗。山行不得山，北望空长哦。今朝一洗众峰出，千鬟万髻高峨峨。空青断石壁，微茫散烟萝。山阳十月未摇落，翠蕤云旃相荡摩。云烟故为出浓淡，鱼鸟似欲留婆娑。石间仙人迹，石烂迹不磨。仙人去不返，六龙忽蹉跎。江山如此不一醉，拊掌笑杀孙公和。长安城头乌尾讹，并州少年夜枕戈。举杯为问谢安石，苍生今亦如卿何？元子乐矣君其歌。

天门引

秦王宫中不得近，从破衡成欲谁信？白头游客困咸阳，憔悴

元诗别裁集

黄金百斤尽。海中仙人黄鹤举，大笑人间争腐鼠。丈夫何意作苏秦？六印才堪警儿女。古来多为虚名老，不见阿房净如扫。千年虎豹守天门，一日牛羊卧秋草。

湘夫人咏

木兰芙蓉满芳洲，白云飞来北渚游。千秋万岁帝乡远，云来云去空悠悠。秋风秋月沉江渡，波上寒烟引轻素。九疑山高猿夜啼，竹枝无声堕残露。

西楼曲

游丝落絮春漫漫，西楼晓晴花作团。楼中少妇弄瑶瑟，一曲未终坐长叹。去年与郎西入关，春风浩荡随金鞍。今年匹马妾东还，零落芙蓉秋水寒。并刀不剪东流水，湘竹年年泪痕紫。海枯石烂两鸳鸯，只合双飞便双死。重城车马红尘起，乾鹊无端为谁喜？镜中独语人不知，欲插花枝泪如洗。

望云谣

涉江采芙蓉，芙蓉待秋风。登山采兰苕，兰苕霜早雕。美人亭亭在云霄，郁摇行歌不可招。湘弦沉沉写幽怨，愁心历乱如曳茧。金支翠蕤纷在眼，春草迢迢春波远。

望归吟

塞云一抹平如截，塞草离离卧榆叶。长城窟深战骨寒，万古牛羊饮冤血。少年锦带佩吴钩，独骑匹马觅封侯。去时只道从军乐，不道关山空白头。北风吹沙杂飞雪，弓弦有声冻欲折。寒衣昨夜洛阳来，肠断空闺捣秋月。年年岁岁望还家，此日归期转未涯。谁与南州问消息，几时重拜李轻车？

尹廷高

芦沟晓月

阑干滉漾晨霜薄，马度石桥人未觉。滔滔流水去无声，月轮正挂天西角。千村万落荒鸡鸣，大车小车相间行。停鞭立尽杨柳影，孤鸿灭没青山横。

郝 经

贤台行古黄金台也，土人称为贤台。

高台突兀燕山碧，黄金泥多土犹湿。晓日曈昽赤羽旗，燕王北面亲前席。费尽黄金台始成，一朝拜隗人尽惊。谁知平地几层土，中有全齐七十城。礼贤复仇燕始霸，遂与诸侯雄并驾。七百年来不用兵，一战轰然骇天下。二城未了昭王殂，火牛突出骑劫诛。台上黄金少颜色，惠王空读乐毅书。古来燕赵多奇士，用舍中间定兴废。还闻赵括代廉颇，败国亡家等儿戏。燕子城南知几年？台平树老漫荒烟。莫言骐骥能千里，只重黄金不重贤。

赵孟頫

桃源春晓图 为商德符学士。

宿云初散青山湿，落红缤纷溪水急。桃花源里得春多，洞口春烟摇绿萝。绿萝摇烟挂绝壁，飞泉㵼下三千尺。瑶草离离满涧阿，长松落落凌空碧。鸡鸣犬吠自成村，居人至老不相识。瀛洲仙客知仙路，点染丹青寄轻素。何处有山如此图？移家欲向山中住。

马祖常

杨花宛转曲

空中游丝已无赖，宛转杨花犹百态。随风扑帐拂香奁，度水点衣萦锦带。轻薄颠狂风上下，燕子莺儿各新嫁。钗头烬坠玉虫初，盆里丝缫银茧乍。欲落不落春沼平，无根无蒂作浮萍。縠波绣苔总成媚，人间最好是清明。清明艳阳三月天，帝里烟花匝酒船。石桥横直人家好，小海白鱼跳碧藻。榆荚荷钱怨别离，不似杨花宛转飞。杨花飞尽绿阴合，更看明年春雨时。

曹伯启

陪诸公杖屦登梁王吹台，悠悠悼古之情，不能自己，呈孟子周、子文二友

天宇廓然秋已莫，幽人欲作《登高赋》。联镳沽酒上繁台，千古兴亡一回顾。百鸟喧啾塔半摧，荆榛掩映台前路。黄花采采未成欢，目断荒城起烟雾。

虞　集

张令鹿门图

张侯襄阳人，深知襄阳乐。十年宦学怀襄阳，故托豪缣写山郭。老我不乐思蜀都，人言嵩阳好隐居。三十六峰常对面，水竹田庐还可图。欲往不能心懆懆，忽见新图被山恼。沙禽浦树俱可人，金涧石床为谁好？向来耆旧皆英雄，驾言从之道焉从？弄珠月冷识游女，沉剑潭深知卧龙。八月霜晴水清浅，闻道扁舟足回转。何时古寺傍檀溪？几处残碑在江岘？呼鹰台高秋草多，养鱼池中莲芡波。蜀嵩未必不如此，我今不游奈老何！张侯张侯早结屋，莫待史詹为君卜。要看陇上课儿耕，好在鱼梁白沙曲。

家兄孟修父输赋南还

大兄五月来作客，八年不见头总白。五人兄弟四人在，每忆

中郎泪沾臆。我家蜀西忠孝门,无田无宅惟书存。兄虽管库实父荫,弟窃微禄承君恩。文章不如仲氏好,叔氏最少今亦老。五郎十岁未知学,嗟我何为长远道?诸儿读书俱不多,又不力耕知奈何!忧来每得二三友,看花把酒临风哦。蜀山嵯峨归未得,盘盘先垅临川侧。碧梧翠竹手所移,应与青松各千尺。南风吹雪河始冰,兄归乌帽何罨罨!明年乞身向天子,共读父书歌太平。

画　鹤

薛公少保昔画鹤,毛羽萧条向寥廓。通泉县壁久微茫,故物都非况城郭?长鸣阔步貌闲暇,解写高情亦奇作。田中芝草日应长,石上松花晚犹落。赤壁江深孤月小,白云野迥秋霄薄。群帝相从绛节朝,八公许制黄金药。误婴尘网迹易迷,移召中洲梦如昨。借悬素壁忆真侣,忽有微风动林壑。碧虚寥寥积雪高,直过萧台绝栖泊。

范　梈

题李白郎官湖

当时郎官奉使出咸京,仙人千里来相迎。画船吹笛弄《渌水》,何意芳洲遗旧名?唐祠芜没知何代?惟有东流水长在。黎侯独起梁栋之,仿佛云中昔轩盖。南飞越鸟北飞鸿,今古悠悠去住同。富贵何如一杯酒,愁来无地酹西风。大别山高几千尺,隔城正与祠相值。青猿夜抱月光啼,挂在东湖之石壁。黎侯本在斗南家,枕戈犹自忆烟霞。只拟将身报天子,不负胸中书五车。昨者相逢玉阙下，别来几日秋潇洒。黄叶当头乱打人，门前系著青骢马。君今归去钓晴湖，我亦明年辞帝都。若过湖边定相见，为问仙人安稳无。

王氏能远楼

游莫羡天池鹏，归莫问辽东鹤。人生万事须自为，跬步江山即寥廓。请君得酒勿少留，为我痛酌王家能远之高楼。醉捧句吴匣中剑，斫断千秋万古愁。沧溟朝旭射燕甸，桑枝正搭虚窗面。昆仑池上碧桃花，舞尽东风千万片。千万片，落谁家？愿倾海水溢流霞。寄谢尊前望乡客，底须惆怅惜天涯。

揭傒斯

夏五月武昌舟中触目

两髯背立鸣双橹，短蓑开合沧江雨。青山如龙入云去，白发何人并沙语？船头放歌船尾和，篷上雨鸣篷下坐。推篷不省是何乡？但见双双白鸥过。

高邮城

高邮城，城何长？城上种麦，城下种桑。昔日铁不如，今为耕种场。但愿千万年，尽四海外为封疆。桑阴阴，麦茫茫，终古不用城与隍。

黄 溍

阳山昱上人访予吴门寓舍，求为湘竹诗，予
辞以未见竹。上人不远六十里自山中
异其竹而来，好有如此者，欣然为赋长句

道人来自阳山麓，手携旧种千竿竹。小裁方斛不盈尺，中有潇湘江一曲。未信天工能尔奇，不知地脉从谁缩？晴窗翛翛散烟雾，眼底森然立群玉。岂期我乃累此君，蒙犯风埃走尘俗。故山方远重愁绝，新句未成惭迫促。黄冈之产大中椽，政用材美刳其腹。愿言保此终天年，岁莫山中伴幽独。

萨都剌

燕姬曲一作杨花曲。

燕京女儿十六七，颜如花红眼如漆。兰香满路马尘飞，翠袖笼鞭娇欲滴。春风淡荡摇春心，锦筝银烛高堂深。绣衾不暖锦鸳梦，紫帘垂雾天沉沉。芳年谁惜去如水，春困著人倦梳洗。夜来小雨润天街，满院杨花飞不起。

相逢行赠别旧友治将军并序

予迁官出闽，舟行抵兴田驿二十里许，俄闻击鸣金

鼓，应响山谷间。随见旌旗导前，兵卒卫后，中有乘马者，氅袍帕首，徐行按辔，屡目吾舟。吾病久气馁，不能无惧心也。顷之，兴田驿吏以行舆见迓，遂舍舟乘舆。向之旌旗兵卒，移导舆前，马从舆后，舆行马鸣，途中未敢交一语。迫莫至邸舍，烛光之下，氅袍者进曰："某乃建之五夫巡检官。闻使君至，候此将一月矣。某尝三识使君面，自都门一别，今已五载，使君岂遗忘之耶？"仆惊谢曰："将军何人也？"答曰："某即使君旧友云中也。"熟视久之，恍如梦寐。云中复能纪予阙下丰采时否邪？历历关河，旧游如隔世。乃对烛光，夜道故旧。明日复同游武夷九曲，煮茶酌酒，临流赋诗，出入丹崖碧嶂间，心与境会，天趣妙发，长歌剧饮，相与为乐。酒阑兴尽，秋风凄凄，落木雨下，闽关在望，复作远行。予始见君而惧，次得君而喜，终会君而乐，又得名山水以发挥久别抑郁之怀。乐甚而复别，别而复悲，悲复继之以思也。嗟夫！人生聚散，信如浮云，地北天南，会有相见。因赋诗，复为《相逢行》以送之。

一年相逢在京口，笑解吴钩换新酒。城南桃杏花正开，白面青衫鞭马走。一年相逢白下门，短衣窄袖呼郎君。朝驰燕赵莫吴楚，逸气自觉凌青云。一年相逢在阙下，东家蹇驴日相假。有如臣甫去朝天，泥滑沙堤不敢打。都门一别今五年，今年相逢沧海边。千山木叶下如雨，雁声堕地秋连天。将军氅袍腰羽箭，拥马旌旗照溪面。小官不识将军谁，卧病孤舟强相见。岂知此地逢故人，摩挲老眼开层云。旧游历历似隔世，夜雨岂不思同群！郎君别后瘦如许，无乃从前作诗苦。溪头月落山馆深，剪烛犹疑梦中语。人生聚散亦有时，且与将军游武夷。弓刀挂在洞前树，洞里仙童来觅诗。稽首武夷君，借我幔峰顶，分我紫霞浆，与子连夜饮。左手招子乔，右手招飞琼，举觞星月下，听吹双凤笙。我酌一杯酒，持劝天上月，劝尔长照人相逢，莫向关山照离别。凤笙换曲曲未终，天风木杪吹晨钟。拂衣罢宴下山去，又隔云山千万重。

织女图

兰闺织锦秦川女，大姬哑哑弄机杼。小姬织倦何所思？帘幕无人燕双语。成都花发江水春，门前马嘶车辚辚。髻鬟两珥看欲堕，蛾眉八字画不伸。良人一去无消息，冰蚕吐丝成五色。柔肠九曲细于丝，万缕春愁正如织。绮窗睡起闻早莺，西楼月落金盘倾。暖霞拂地海棠晓，香雪泼户梨花晴。日长深院机声动，梭影穿花飞小凤。水心惊起鸳鸯飞，花底不成胡蝶梦。纤纤玉指柔且和，香钩小袜裁春罗。满怀心事付流水，荡日云锦生层波。佳人自古多命薄，风里杨花随处落。岂知丑妇嫁田家，生则同衾死同椁。君不闻，长安市上花满枝，东家胡蝶西家飞。笼中鹦鹉唤新主，门外侍儿更故衣。又不闻，田家妇，日扫春蚕宵织布。催租县吏夜打门，荆钗布裙夫短裤。我题此画三嗟吁，百年丑好皆虚无。排云便欲叫阊阖，为我献上《豳风图》。

过嘉兴

三山云海几千里，十幅蒲帆挂烟水。吴中过客莫思家，江南画船如屋里。芦芽短短穿碧沙，船头鲤鱼吹浪花。吴姬荡桨入城去，细雨小寒生绿纱。我歌《水调》无人续，江上月凉吹紫竹。春风一曲《鹧鸪》吟，花落莺啼满城绿。

宋 无

乌夜啼

露华洗天天堕水，烛光烧云半空紫。西施夜醉芙蓉洲，金丝玉簧咽清秋。鼙鼓鞭月行春雷，洞房花梦酣不回。宫中夜夜啼栖乌，美人日日歌吴歈。吴王国破歌声绝，鬼火青荧生碧血。千年坏冢耕狐兔，乌衔纸钱挂枯树。髑髅无语满眼泥，曾见吴王歌舞时。乌夜啼，啼为谁？身前欢乐身后悲，空留瑟怨传相思。乌夜啼，啼别离。

战城南

汉兵麏战城南窟，雪深马僵汉城没。冻指控弦指断折，寒肤著铁肤皲裂。军中七日不火食，手杀降人吞热血。汉悬千金购首级，将士衔枚夜深入。天愁地黑声啾啾，鞍下髑髅相对泣。偏裨背负八十创，破旗裹尸横道旁。残卒忍死哭空城，露布独有都护名。

迺 贤

答禄将军射虎行 并序

答禄将军，世为乃蛮部主。归国朝，拜随颍万户。

平金有功，事载国史。其出守信阳，射虎之事尤伟。曾
孙与权举进士，为秘书郎官，与余雅善，间言其事，因
征作歌。

将军部曲瀚海东，三千铁骑精且雄。久知天命属真主，奋身
来建非常功。世祖神谟涵宇宙，坐使英雄皆入彀。十年转战淮蔡
平，帐下论功封太守。信阳郭外山嵯峨，长林大谷青松多。白额
于菟踞当道，城边日落无人过。将军闻之毛发竖，拔剑誓天期杀
虎。弯弓走马出东门，倾城来看夸豪武。猛虎磨牙当路嗥，目光
睒睒斑尾摇。据鞍一叱双眦裂，鸟飞木落风萧萧。金弰雕弓铁丝
箭，满月弦开正当面。雕翎射没锦毛摧，厓石崩腾腥血溅。万人
欢笑声震天，剖开一箭当心穿。父老持杯马前拜，祝公眉寿三千
年。将军立功期不朽，奇事相传在人口。可怜李广不封侯，却喜
将军今有后。承平公子秘书郎，文场百步曾穿杨。咫尺风云看豹
变，鸣珂曳履登朝堂。虎既剖，箭镞正贯于心中。

吴　莱

风雨渡扬子江

大江西来自巴蜀，直下万里浇吴楚。我从扬子指蒜山，旧读
《水经》今始睹。平生壮志此最奇，一叶轻舟傲烟雨。怒风鼓浪
屹于城，沧海输潮开水府。凄迷滟滪恍如见，潊潒扶桑杳何所？
须臾草树皆动摇，稍稍鼋鼍欲掀舞。黑云鲸涨颇心掉，明月贝宫
终色侮。吟倚金山有莫钟，望穷采石无朝橹。谁欤敲齿咒能神？
或有伛身言莫吐。向来天堑如有限，日夜军书费传羽。三楚畸民

类鱼鳖，两淮大将犹熊虎。锦帆十里徒映空，铁锁千寻竟然炬。桑麻夹岸收战尘，芦苇成林出渔户。宁知造物总儿戏，且揽长川入尊俎。悲哉险阻惟白波，往矣英雄几黄土！独思万载疏凿功，吾欲持觞酹神禹。

吴师道

桐庐夜泊

合江亭前秋水清，归人罢市无余声。灯光隐见隔林薄，湿云闪露青荧荧。楼台渐稀灯渐远，何处吹箫犹未断？凄风凉叶下高桐，半夜仙人来绝巘。江霏山气生白烟，忽如飞雨洒我船。倚篷独立久未眠，静看水月摇清圆。

卷三 七言古

周 权

冷泉亭

昔人来自天竺国，缥缈孤云伴飞锡。天风吹落凝不去，化作奇峰耸空碧。至今裂峡余云髓，桂冷松香流未已。翠光围住玉壶秋，不放晴雷度山趾。道人宴坐无生灭，炯炯层胸照冰雪。夜深出定汲清泠，寒猿啼断西岩月。

岑安卿

题晴川图

清溪潾潾生浅花，晓日倒射摇金沙。翩然双鹭下危石，玉雪照影无纤瑕。溪边小景入图画，青烟绿树渔翁家。渔翁归来歌未终，鹭鸶忽起芦花风。回眸遥望不可极，但见白玉飞青空。昔年夜宿潇湘浦，彻晓不眠听急雨。解衣曳杖立沙头，何似今朝得容与？长安马寒泥没腹，雪满朝衣冻肩缩。试令援笔题此图，长篇应赋《归来曲》。

胡天游

杨花吟

吴江春水拍天涯，江上风吹杨柳花。花飞满空无处所，随风直渡吴江水。渡水随风太有情，萦花惹草恣轻盈。狂如舞蝶穿花径，细逐流莺度绮城。绮城楼阁连天际，杨花飞入千门去。飞去飞来稍觉多，纷纷如雪奈君何？珠帘绣箔深深见，舞榭妆楼处处过。楼中美人春睡起，愁见杨花思荡子。荡子飘零去不归，杨花岁岁点春衣。梦魂不识天涯路，愿作杨花片片飞。

周伯琦

天马行应制作并序

至正二年，岁壬午七月十有八日，西域拂郎国遣使献马一匹，高八尺三寸，修如其数而加半，色漆黑，后二蹄白，曲项昂首，神俊超逸，视它西域马可称者，皆在髃下。全辔重勒，驭者其国人，黄须碧眼，服二色窄衣，言语不可通，以意谕之，凡七度海洋，始达中国。是日天朗气清，相臣奏进，上御慈仁殿，临观称叹。遂命育于天闲，饲以肉粟酒湩。仍敕翰林学士承旨臣巎巉，命工画者图之，而直学士臣揭傒斯赞之。盖自有国以来，未尝见也。殆古所谓天马者邪！承诏赋诗，题所图画。臣伯琦谨献诗曰：

飞龙在天今十祀，重译来庭无远迩。川珍岳贡皆贞符，神驹跃出西洼水。拂郎蕞尔不敢留，使行四载数万里。乘舆清暑滦河宫，宰臣奏进闿闾里。昂昂八尺阜且伟，首扬渴乌竹批耳。双蹄县雪墨渍毛，疏骏拥雾风生尾。朱英翠组金盘陀，方瞳夹镜神光紫。耸身直欲凌云霄，盘辟丹墀却闲颁。黄须围人服龙诡，弹鞬如萦相诺唯。群臣俯伏呼万岁，初秋晓霁风日美。九重洞启临轩观，衮衣晃耀天颜喜。画师写仿妙夺神，拜进御床深称旨。牵来相向宛转同，一入天闲谁敢齿？我朝幅员古无比，朔方铁骑纷如螘。山无氛祲海无波，有国百年今见此。昆仑八骏游心侈，茂陵大宛黩兵纪。圣皇不却亦不求，垂拱无为静边鄙。远人慕化致壤奠，地角已如天尺只。神州苜蓿西风肥，收敛骄雄听驱使。属车岁岁幸两京，八鸾承御壮瞻视。《驺虞》《麟趾》并乐歌，越裳《旅獒》尽风靡。乃知感召由真龙，房星孕秀非偶尔。黄金不用筑高台，髦俊闻风一时起。愿见斯世皞皞如羲皇，按图画卦复兹始。

张　宪

白苎舞词

吴宫美人青犊刀，自裁白苎制舞袍。轻云冉冉白胜雪，《激楚》一曲回风高。九雏凤钗篸紫玉，长裾窄腰莲步促。翩翩素袖启朱樱，金笼鹦鹉飞来熟。馆娃楼阁摇春晖，台城少年醉忘归。璃窗绮户锁风色，桃树日长蝴蝶飞。倾城独立世希有，罢吟《渌水》停《杨柳》。急管繁弦莫苦催，真珠剩买乌程酒。

二月八日游皇城西华门外观嘉孥弟走马歌

春风压城紫燕飞，绣鞍宝勒生光辉。软沙青草平似镜，花雨满巾风满衣。潜蛟双绾玉抱肚，朱鬣分光散红雾。金龙五爪蟠彩袍，满背真珠撒秋露。生猿俊健双臂长，左脚蹋镫右蹴疆。铜铙四扇绕十指，玉声珠碎金琅珰。黄蛇下饮电掣地，锦鹰打兔起复坠。袖云突兀鞍面空，银瓮驼囊两边缒。西宫彩楼高插天，凤凰缭绕排神仙。玉皇拍阑误一笑，不觉四蹄如进烟。神驹长鸣背凝血，郎君转面醉眼缬。天恩剪下五色云，打鼓归来汗如雪。

北庭宣元杰西番刀歌此刀乃江浙平章教化公征淮西所佩者。

金神起持水火齐，煅炼阴阳结精锐。七月七日授冶师，手作钳锤股为砺。一千七百七十锋，脊高体狭刀口洪。龙飞蛟化岁月久，阮师旧物今无踪。呱哇绣镔柔可曲，东倭纯钢不受触。贤侯示我西番刀，名压古今刀剑录。三尖两刃圭首圆，剑脊黝黝生黑烟。朱砂斑痕点人血，雕青皮软金钩联。唐人宝刀夸大食，于今利器称米息。十年土涮松纹生，戎王造时当月蚀。平章遗佩固有神，朱高固始多奇勋。三公重器不虚授，往继王祥作辅臣。

杨维桢

鸿门会

天迷关，地迷户，东龙白日西龙雨。撞钟饮酒愁海翻，碧火吹巢双猰貐。（暗言范增、项庄。）照天万古无二乌，残星破月开天余。（此言沛公当独王天下，羽不得分也。）座中有客天子气，左股七十二子连明珠。军声十万振屋瓦，拔剑当人面如赭。将军下马力拔山，气卷黄河酒中泻。剑光上天寒彗残，明朝画地分河山。将军呼龙将客走，石破青天撞玉斗。

庐山瀑布谣 并序

甲申秋八月十六夜，予梦与酸斋仙客游庐山，各赋诗，酸斋赋《彭郎词》，予赋《瀑布谣》。

银河忽如瓠子决，泻诸五老之峰前。我疑天仙织素练，素练脱轴垂青天。便欲手把并州剪，剪取一幅玻璃烟。相逢云石子，有似捉月仙。酒喉无耐夜渴甚，骑鲸吸海枯桑田。居然化作十万丈，玉虹倒挂清泠渊。

张 昱

过歌风台

世间快意宁有此，亭长还乡作天子。沛宫不乐复何为？诸母父兄知旧事。酒酣起舞和儿歌，眼中尽是汉山河。韩彭受诛黥布戮，且喜壮士今无多。纵酒极欢留十日，感慨伤怀涕沾臆。万乘旌旗不自尊，魂魄犹为故乡惜。从来乐极自生哀，泗水东流不再回。万岁千秋谁不念，古之帝王安在哉？莓苔石刻今如许，几度秋风灞陵雨。汉家社稷四百年，荒台犹是开基处。

倪 瓒

刘君元晖八月十四日
邀余玩月快雪斋中，命余诗，因赋

卷帘见月形神清，疑是山阴夜雪明。长歌欲觅剡溪戴，怅然停杯远恨生。尔营茅斋名快雪，邀我吹笙弄明月。明星如银浮霭消，垂露成帷桂花发。酒波荡漾天河倾，笙声袅袅秋风咽。古人与我不并世，鹤思鸥情迥愁绝。

周霆震

古金城谣并序

国家承平百年，武备寝弛，盗发徐、颍，炽于汉、淮、武昌，南纪雄藩，一旦灰灭，洪省坚壁。寇蔓延诸郡，水陆犬牙。北来名将，相继道殒。丞相出督步骑，直抵高邮，事垂成，以谗废。方面多贵游子弟，贪鄙庸才，虚张战功，肆意罔上，诛求冤滥，惨酷百端，重以吏习舞文，旁罗鹰犬，意所欲陷，即诬与贼通，其弊有不忍言者。间存一二廉介，则又矜独断，昧远图，坐失机会。民日以敝，盗日以滋。庐、寿、舒三州，屏蔽上流，庐、寿既没，舒独当锋镝之冲。至正十年壬申，进士余阙以淮西元帅之节来镇，广设方略，招徕补葺，备战守，丰军储，贼饮恨不得逞。朝廷嘉其功，授淮南参知政事。自是日与贼遵，受围凡四十有二，大小二百余战。江西赖以苟安。坐视弗援，十八年正月丙午，城遂陷。公一门争先赴死，阖郡无一生降。贼党举手加额，称余元帅天下一人，购得其尸城下池中，礼葬之。伤哉！寄痛哭于长歌，使后人哀也。

昆仑烈风撼坤轴，日车敛辔咸池浴。六龙饮渴呼不闻，赤蚖玄蜂厌人肉。荆襄弗支庐寿孤，江东扫地如摧枯。忠臣当代谁第一？七载舒州天下无。东南此地关形胜，天柱之峰屹千仞。当年赤壁走曹瞒，天为孙吴产公瑾。我公千载遥相望，崎岖恒以弱击强。孤城大小二百战，食尽北拜天无光。当关援剑苍龙吼，尽室肯污奸党手。摧锋阖郡无生降，群盗言之皆稽首。堂堂省宪罗公卿，建官分阃日募兵。哀哉坐视无寸策，遂使流血西江平。向来不晓皇穹意，名将南征死相继。一时贪暴聚庸才，玩寇偷安饕富贵。河流浩浩龙门西，燕山万骑攒霜蹄。英雄暴骨心未死，去作海色催朝鸡。玉衣飞舞空中见，太息孤忠鏖百战。五陵元气待天还，睢阳谁续《中丞传》？

杨　奂

金谷行

洛阳园池天下无，金谷近在西城隅。晋时花草不复见，野人犹解谈齐奴。齐奴豪奢谁比数，酒醒爱击珊瑚株。后堂春风满桃李，中有一枝名绿珠。千金买步障，百金买氍毹。时时吹笛替郎语，云窗雾户长欢娱。层阶欲下须人扶，岂料一日能捐躯。红飞玉碎顷刻里，空使行客悲踟蹰。楼头小妇感恩死，君臣大义当何如？

陈　孚

河间府

北风河间道，沙飞云浩浩。上有衔芦不鸣之寒雁，下有陨霜半死之秋草。城外平波青黛光，大鱼跳波一尺长。牧童吹笛枫叶里，疲牛倦马眠夕阳。有禽大如鹤，红喙摇绿烟。路人指我语，似是信天缘。我生功名付樽酒，衣如枯荷马如狗。为问天缘可信否？旗亭击剑寒蛟吼。

居庸叠翠

断崖万仞如削铁，鸟飞不度苔石裂。嵯岈枯木无碧柯，六月太阴飘急雪。寒沙茫茫出关道，骆驼夜吼黄云老。征鸿一声起长空，风吹草低山月小。

邕　州

左江南下一千里，中有交州堕鸢水。右江西绕特磨来，鳄鱼夜吼声如雷。两江合流抱邕管，莫冬气候三春暖。家家榕树青不雕，桃李乱开野花满。蝮蛇挂屋晚风急，热雾如汤溅衣湿。万人冢上蛋子眠，三公亭下鲛人泣。驿吏煎茶茱萸浓，槟榔口吐猩血红。飒然毛窍汗为雨，病骨似觉收奇功。平生所持一忠壮，荒峤何殊玉阶上。明年归泛两江船，会酌清波洗炎瘴。

傅若金

邯郸行

邯郸城头下白日，邯郸市上风萧瑟。故垒空余鸟雀悲，荒垣只见狐狸出。何王坟墓对山阿，尚忆诸侯征战多。赵客归来重毛遂，秦军老去畏廉颇。黄尘白草宫前道，鬼火如灯夜相照。公子秋来不见过，美人月下那闻笑。当时冠盖激浮云，挝钟考鼓宴青春。只今惟有邮亭树，还送年年行路人。

王士熙

送华山隐归西湖故居

方士求仙入沧海，十二城楼定何在？金铜移盘露满天，琪树离离人不采。轩辕高拱圣明居，群仙真人左右趋。青牛谷口迎紫气，白鹤洞中传素书。珊珊鸣佩星辰远，寂寂珠庭云雾虚。修髯如漆古仙子，玉林芙蓉染秋水。九关高塞不可留，归去江湖种兰芷。山头宫殿风玲珑，玄猱飞来千尺松。闲房诵经钟磬响，石壁题诗苔藓封。欲向君王乞祠禄，安排杖屦来相从。

成廷珪

江南曲

吴姬当垆新酒香，翠绡短袂红罗裳。上盆十千买一斗，三杯五杯来劝郎。落花不解留春住，似欲随郎渡江去。酒醒一夜怨啼鹃，明日兰舟泊何处？

长江送别图送周平叔之通州丞

福山苍苍倚天碧，狼山嶒嶒生铁色。两山当江作海门，力尽神鞭驱不得。沧波万里从西来，楚尾吴头天一壁。阴风转地鲸怒翻，黑雾连空龙起立。来舟去楫不敢动，袖手旁观唯叹息。扶桑浴日飞上天，百怪潜消杳无迹。水光镜净山亦佳，目送云帆高百尺。青霄要路君既官，白首穷涂我犹客。烟中隐隐见孤城，令我思乡心转剧。《骊驹》歌罢将奈何，倚杖江南望江北。

刘永之

送罗与敬归西昌

石龙矶畔多芳草，游子忆家春已老。水北杨花扑地飞，旁人谩道飞花好。爱子不忍别，送子到水濆。青天孤影飞黄鹄，落日长风吹断云。朝发铜塘津，莫宿青泥渡。帆过孝通祠，渐是西昌路。金鱼洲远树青青，三顾浮烟生杳冥。石扶坏道通高阁，水啮危沙见古城。君家正在何方住？独有园庐俯江渚。昨夜深闺梦远人，相思定倚樱桃树。

谢应芳

送李彦明归高邮

老夫归从东海头，春风送客归秦邮。出门复睹雁北乡，物我喜得同悠悠。吴船鼓棹渡江去，乌轮正挂扶桑树。桃花倚岸笑相看，杜宇催人啼不住。征袍十年尘土多，濯缨今年《沧浪歌》。一百五日寒食雨，三十六湖春水波。文游台榭剪荆棘，继美前修集佳客。谁能唤起老龙眠，重写耳孙湖上宅。

汪克宽

题道士张湛然弹琴诗卷

峄山白桐千年枝，金星烂烂蛇蚹皮。文光七轸蓝田玉，冰弦细绕吴蚕丝。丹山云暖凤皇语，露草寒蛩诉秋雨。娥英泣洒湘筠斑，迁客相逢话羁旅。翠岩悬瀑锵琼瑶，雷霆霹雳轰层霄。瞥波细萍浮荡漾，劈空轻絮飞飘飘。仙林唳鹤惊离别，老龙湫底吟寒月。海门送上子胥潮，澎湃奔腾卷残雪。羽人潇洒颜如仙，冯虚来往黄山巅。古音净洗筝琶耳，何须更濯丹砂泉？

朱希晦

客邸中秋对月

去年中秋秋月圆，浩歌对酒清无眠。烟霏灭尽人境寂，仰看明月悬中天。今年客里中秋月，静挹金波更清绝。可怜有月客无酒，不照欢娱照离别。夜阑淅淅西风凉，月中老桂吹天香。悠然长啸动归兴，坐久零露沾衣裳。浮世悲欢何足数？庾楼赤壁俱尘土。风流已往明月来，山色江声自今古。

周　砥

新　郭

　　泛舟越来溪水旁，溪边暮色何苍苍？主人张筵挥羽觞，吴姬唱歌声抑扬。船尾挑灯大鱼出，船头洗觥秋波凉。夜如何其夜未央，万壑不起星煌煌。酒阑客过别船去，木叶萧萧下如雨。船中醉卧忘西东，睡觉犹闻梦中语。此时月落天将曙，隔屋鸡啼欲起舞。西风满天鸿雁声，瑟瑟菰蒲响秋渚。

卷四　五言律

元好问

少室南原

地僻人烟断，山深鸟语哗。清溪鸣石齿，暖日长藤芽。绿映高低树，红迷远近花。林间见鸡犬，直拟是仙家。

九月晦日王村道中

水涸沙仍湿，霜余草更幽。烟花藏落景，山骨露清秋。坐食知何益，行吟只自愁。随阳见鸿雁，三叹惜淹留。

八月并州雁 三乡时作

八月并州雁，清汾照旅群。一声惊晚笛，数点入秋云。灭没楼中见，哀劳枕畔闻。南来还北去，无计得随君。

乙卯十一月往镇州

村静鸟声乐，山低雁影遥。野阴时滉朗，冷雨只飘萧。涉远心先倦，冲寒酒易消。红尘忘南北，渺渺见长桥。

方　回

治圃杂书

芍药抽红锐，荼蘪缒绿长。几家蚕落纸，比屋燕分梁。谷雨深春近，茶烟永日香。诗成懒磨墨，拄杖画苔墙。

戴表元

苕　溪

六月苕溪路，人言似若邪。渔罾挂棕树，酒舫出荷花。碧水千塍共，青山一道斜。人间无限事，不厌是桑麻。

黄　庚

西州即事

一雨洗空碧，江城独倚楼。山吞残日没，水挟断云流。灯影深村夜，钟声古寺秋。西州旧游地，十载此淹留。

春日即事

扶杖行幽径，园林欲莫天。锦棠红濯雨，丝柳绿缲烟。春事忽三月，风光又一年。客怀正愁绝，那复听啼鹃。

书山阴驿

迢递三山道，重来感旧游。潮声寒带雨，山色淡生秋。寄驿通乡信，题诗记旅愁。江湖十年客，两度到西州。

鹤林仙坛寺

古坛归鹤杳，野鹿自成群。岚气浮清晓，钟声出白云。树穿僧屋老，水到寺门分。人世无穷事，山中了不闻。

尹廷高

长芦舟中夜坐

故国五千里，孤帆四十程。客怀偏浩荡，乡梦不分明。万折河流曲，三更斗柄横。不眠方宴坐，野寺又钟声。

赵孟頫

鱼乐楼

楼下南来水，清泠百尺深。菰蒲终夜响，杨柳半溪阴。日月驱人世，江湖动客心。向来歌舞宴，达晓看横参。

大都遇平江龙兴寺僧闲上，座话唐綦毋潜宿龙兴寺诗，因次其韵

闻说龙兴寺，多年未款扉。风林发松籁，雨砌长苔衣。殿古灯光定，房深磬韵微。秋风动归兴，一锡向空飞。

袁桷

赠瑛上人住洞林

托钵千岩里，松花冻未开。哀猿依讲席，饥鸟下生台。潭影留云定，钟声送月回。山中太古雪，为寄一瓢来。

马祖常

送董仁甫之西台幕

西南万里地，诏属大行台。秦树浮天去，巴江带雪来。山河

无用险，邦国正需才。台幕风流美，书签想尽开。

贡　奎

枪竿岭

薄宦辞家远，经秋未得归。直随山北去，却背雁南飞。川净白云起，郊平红树微。忆曾留宿处，立马认还非。

许有壬

荻港早行

水国宜秋晚，羁愁感岁华。清霜醉枫叶，淡月隐芦花。涨落高低路，川平远近沙。炊烟青不断，山崦有人家。

虞　集

寄丁卯进士萨都剌天锡镇江录事宣差。

江上新诗好，亦知公事闲。投壶深竹里，系马古松间。夜月多临海，秋风或在山。玉堂萧爽地，思尔佩珊珊。

范 梈

卢师东谷怀城中诸友

契阔遽如许，淹留空复情。天遥一鹤上，山合百虫鸣。异俗
嗟何适？冥栖得此生。平居二三子，今夜隔重城。

揭傒斯

黄尊师高轩观鹅因留宿

开轩南岳下，世事未曾闻。落叶常疑雨，方池半是云。偶寻
骑鹤侣，来此看鹅群。一夜潺湲里，秋光得细分。

衡山县晓渡

古县依江次，轻舆落岸隈。鸟冲行客过，山向野船开。近岳
皆云气，中流忽雨来。何时还到此，明月照沿洄。

黄 溍

寄方韶文先生

牢落《江南赋》，知音寄渺茫。鹿麋行处有，芝草梦中香。

遥兴沧溟阔，悲歌白发长。平生今古泪，滴破绿萝裳。

初至宁海二首

地至东南尽，城孤邑屡迁。行山云作路，累石海为田。蜃炭村村白，棕林树树圆。桃源名更美，何处有神仙？

缥缈蛟龙宅，风雷隔杳冥。人家多面水，岛屿若浮萍。煮海盐烟黑，淘沙铁气腥。停骖方问俗，渔唱起前汀。

柳　贯

同杨仲礼和袁集贤上都诗

出塞行瞻日，趋朝喜近天。离宫开苑囿，驰道绝风烟。瑶水巡非远，峒山历更绵。甘泉多法从，献赋忆当年。

昔建寰中业，初开徼外山。雉城平兀兀，沙水净湾湾。朱夏宸游正，清秋武卫闲。叨陪文学乘，空愧鬓毛斑。

幄殿层云障，辕门积雪峰。奇鹰皆戴角，御马尽飞龙。瀚海将临幸，云亭望陟封。青丘大羽猎，有事待玄冬。

水草方方善，弓弧户户便。合围连妇女，从戍到曾玄。雪毳千家帐，冰瓢百眼泉。浚稽山更北，长望斗光悬。

萨都剌

用韵寄龙江

之子金山去，梅天雾气沉。海风吹浪急，江雨入楼深。火尽无茶味，更长过烛心。明朝好晴色，应是寄新吟。

送人之浙东

我还京口去，君入浙东游。风雨孤舟夜，关河两鬓秋。出江吴水尽，接岸楚山稠。明日相思处，惟登北固楼。

闽中苦雨

病客如僧懒，多寒拥毳裘。三山一夜雨，四月满城秋。海瘴连云起，江潮入市流。钓竿如在手，便可上渔舟。

送南台从事刘子谦之辽东

往复一万里，嗟君已两行。朔风吹野草，寒日下边城。策马犯霜雪，逢人问路程。归期在何日？应是近新正。

山中怀友

自是麒麟种，卑栖又几年。胡庐南雪下，短褐北风前。岁莫山林瘦，天高雨露偏。惟应丈夫志，未受故人怜。

游梅仙山和唐人韵

仙人不可见，借鹤过仙家。夜卧千峰月，朝餐五色霞。祠空风扫叶，人去鹿衔花。归隐知何日？分炉学炼砂。

宋　无

李翰林墓二首

嗜酒傲明时，何因贺监知？承恩金马诏，失意玉环词。名与三闾并，身将四皓期。匡山有书读，应亦叹归迟。

一骑紫鲸去，空掩谢山茔。落月今谁吊？长庚夜自明。乾坤沉秀气，江水带哀声。天上多官府，文章不可轻。

南峰宴坐僧

空岩槁木形，入定掩松扃。鹊供衔来果，猿看诵罢经。云霞埋衲重，苔藓上鞋青。只有樵人识，曾因采茯苓。

铜陵五松山中

樵声闻远林，流水隔云深。茅屋在何处？桃花无路寻。身黄松上鼠，头白竹间禽。应有仙家住，避秦来至今。

寄题无照西园

近地栖禅室，祇园草木薰。鞋香花洞雨，衣润石阑云。松吹和琴杂，茶烟到树分。遥知道林辈，来此论玄文。

张翥

丹青小景山水

沙禽毛羽新，来往采桑津。野水碧于草，桃花红照人。徘徊远山莫，窈窕江南春。芳思不可极，悠然怀钓纶。

迺贤

南城咏古

落日燕城下，高台草树秋。千金何足惜，一士固难求。沧海谁青眼？空山尽白头。还怜易河水，今古只东流。黄金台。

梦断朝元阁，来寻卖酒楼。野花迷辇路，落叶满宫沟。风雨青城暮，河山紫塞愁。老人头雪白，扶杖话幽州。寿安殿今为酒家寿安楼。

吴师道

题官舍壁

官舍千峰里，迎秋气已清。池烟明鹤影，林雨断蝉声。红惜芙蓉落，青怜薜荔生。今朝少公事，吟啸且怡情。

周 权

郭 外

郭外人家少，鱼村扬酒旗。江云低压树，沙竹细穿篱。地暖梅花早，天寒潮信迟。夕阳烟景外，倚杖立移时。

意 行

略彴三家市，溪回野路分。轻畋晞竹露，宿雨落松云。山寺依岩见，村春隔坞闻。欣欣农事集，聊得狎鸥群。

方 澜

石门晓行

风高木叶脱，从此晓寒新。积雨见初日，远山如故人。烟村一苇渡，野寺数家邻。独念行藏异，沙鸥未我驯。

卢 琦

游洞岭寺

古寺藏烟树，岩扉昼不扃。日高花散影，风定竹无声。稚子添香火，闲僧阅藏经。新诗吟未就，独向殿阶行。

黄镇成

铅山早行

早起辞林馆，邻鸡已再嗥。月弦当户直，斗柄插山高。细湿侵藜杖，轻寒袭布袍。前趋东日上，五色动云涛。

周伯琦

九月一日还自上京途中纪事

北口七十二，居庸第一关。峭厓屏列翠，急涧玉鸣环。佛阁腾云雾，人家结市阛。马前军吏候，使节几时还？

纪行诗

东坊尚平地，近岭昼生寒。拔地数千丈，凌空十八盘。飞泉鸣乱石，危磴护重关。俯视人寰隘，真疑长羽翰。

万幕悬崖下，高低疏复稠。廨墙联虎卫，崛殿耸龙楼。榆柳清长昼，槐松飒早秋。威容隆古昔，神武镇中州。

张　宪

寄中山隐讲师

问讯山中隐，中山第几重？风廊巡夜虎，云钵听经龙。流水千溪月，寒岩一树松。无因净渣滓，来共上堂钟。

倪　瓒

荒　村

踽踽荒村客，悠悠远道情。竹梧秋雨碧，荷芰晚波明。穴鼠能人拱，池鹅类鹤鸣。萧条阮遥集，几屐了余生？

垂虹亭

虚阁春城外，澄湖莫雨边。飞云忽入户，去鸟欲穷天。林屋青西映，吴松碧左连。登临感时物，快吸酒如川。

题画赠王仲和

曾住南湖宅，于今已十年。丛筱还自翳，乔木故依然。雨杂鸣渠溜，云连煮术烟。何时重相过？烂醉得佳眠。（南湖，陆玄素高士幽居，今王君仲和居之，水木清华，户庭幽遽。余尝寓其家四年，翛然忘世虑也。仲和以此帧索画竹石，画巳，并诗其上，以写惓惓之怀。玄素，仲和外舅也，故尤感余故人之思。乙巳初月十七日。）

桂　花

桂花留晚色，帘影淡秋光。靡靡风还落，菲菲夜未央。玉绳低缺月，金鸭罢焚香。忽起故园想，泠然归梦长。

郭　钰

秋　望

长啸动岩壑，秋风生满林。片云随雁度，疏雨约蝉吟。燕马关山远，吴船岁月深。归来苏季子，何用苦多金？

忆从弟铎

忆昨王师捷，还乡近五年。艰危惟我共，俯仰得谁怜？茅屋秋风里，烽烟夕照边。乱离今转甚，思尔只高眠。

叶　颙

日暮江村杂兴

钓艇已收缗，无人深闭门。云生沙上石，月出水南村。寂寞寒潮远，微茫烟浪昏。孤舟中夜笛，感慨动吟魂。

丁鹤年

武昌南湖度夏

南浦幽栖地，当门罨画开。青山入云去，白雨渡湖来。石润生龙气，用光媚蚌胎。芙蕖三百顷，何处著炎埃？

白　珽

余杭四月

四月余杭道，一晴生意繁。朱樱青豆酒，绿草白鹅村。水满船头滑，风轻袖影翻。几家蚕事动，寂寂昼门关。

龚　璛

郡　楼

久客有远思，肩舆登郡楼。聊为避暑饮，更学御风游。叠翠城南面，双虹水北流。流将五湖去，叶叶采菱舟。

吾丘衍

次韵谢钱翼之

笔翰西台妙，文章五凤楼。美才须比玉，直道岂如钩。吴苑辞春色，江风散旅愁。吾庐正萧飒，二仲得羊求。

杨 奂

得邳大用书复寄

百年真梦寐，万国久风尘。老去偏相忆，书来恨不频。季鹰犹在洛，王粲未归秦。谷口知何似？他时愿卜邻。

何 中

南居寺

闭户未从容，出门谁适从？聊随碧溪转，忽与白鸥逢。小雨十数点，淡烟三四峰。峰峰看不足，山寺已鸣钟。

饶州道上

新晴破积阴，淑气泛行襟。千里山河眼，百年耆旧心。霞飞沧海远，烟入绿村深。学剑江东者，茫茫不可寻。

陈家源

翠雾断崖侧，丹霞流水西。竹从幽处密，松自古来欹。落叶半藏路，清风时满溪。仙家元不远，未许众人知。

立秋夕作

但觉焦原苦，何当沛泽流？夕风微报响，古木暗藏秋。未事冥难测，闲心远作愁。乱山高下碧，烟霭淡浮浮。

辛亥元夕二日

顽坐故贪默，忽行时自言。寒沙梅影路，微雪酒香村。时序鬓发改，人家童稚喧。街头试灯候，不到郭西门。

傅若金

衡湘驿

烽火连诸郡，旌旗转百蛮。野莺先客至，江雁及春还。吴楚青天迥，潇湘白日闲。登临慰怀抱，况复近乡关。

金陵晚眺

金陵古形胜，晚望思超遥。白日余孤塔，青山见六朝。燕迷花底巷，鸦散柳阴桥。城下秦淮水，年年自落潮。

送云闲师游浙

杖锡违萧水，风帆向武林。海红秋树远，江黑莫钟深。云起通香气，潮来合梵音。亦知无住著，随处得安心。

雅　琥

送赵宗吉编修代祀西岳

北上函香去，西南致礼勤。蜀山千丈雪，秦岭万重云。驿骑鸣金勒，宫袍粲锦文。白头抱关吏，自羡识终军。

成廷珪

登望江亭

长江不可极，岸帻独登临。潮信自朝暮，山光无古今。碑亭流水涸，辇路积苔深。欲写兴亡恨，西风万叶吟。

庞山湖泛舟过甯伯让庄所

湖上足清昼，雨余生绿阴。扁舟到城近，曲港入村深。野叟频相问，郎君不可寻。西庵肯分席，吾亦老山林。

夜过吴江圣寿寺宿复中行方丈

深夜扣禅扃，天寒月在庭。鸟栖惊后树，僧掩读残经。蔓草风吹白，枇杷雪洗青。对床听法语，心孔愈惺惺。

刘　诜

对客暮坐

危坐高斋夕，东来喜友生。空庭疏雨后，四壁乱蛩鸣。烛至瓶花落，秋凉架药轻。西头动刀尺，淡月上檐楹。

薛　汉

湖　上

一舸泛霜晴，湖波寒更清。平堤连野色，远市合春声。尘土浪终日，山林负半生。回头夕阳外，烟渚白鸥轻。

吴景奎

过临平

舟过临平后，青山一点无。大江吞两浙，平野入三吴。逆旅愁闻雁，行庖只鲙鲈。风帆如借便，明日到姑苏。

曹文晦

九月一日清溪道中

老树依沙岸，柴门上下邻。断桥归郭路，细雨过溪人。白鹭
双飞去，黄花数点新。惜无遗世友，联句坐苔茵。

郯　韶

送僧归严陵

春船上濑急，归路石溅溅。白石百花静，清江初月圆。偶逢
林下叟，为话竹间禅。明发遥相忆，青山生莫烟。

题宋氏绿野庄

莫泊兰陵郡，朝过绿野庄。飞花渡江阔，垂柳荫门长。扫地
春阴合，梳头荷气凉。几时重著屐，来此话沧浪。

刘永之

和杨伯谦韵

酌酒长松下，垂萝拂酒杯。异禽窥药鼎，乳鹿卧书台。涧水穿林去，山云带雨回。相期同结屋，不厌野人来。

金　涓

云门道中

三月山南路，村村叫杜鹃。白云千嶂晓，斜月一溪烟。水冷长松井，春香小荠田。何时移别业？来往绣湖边。

麻　革

渡　洛

泉石经行久，林丘弭望间。溪鸣风荡水，谷暗雨含山。淡淡轻鸥没，飞飞倦鸟还。世缘良自苦，空羡野云闲。

卢 挚

青华观西轩

琳宇夏天晓，官曹今日闲。深松欲无路，疏竹不遮山。静对黄冠语，时看白鸟还。平生林壑趣，聊复此窗间。

陈德永

暮 春

山馆青春老，溪扉白露斜。微风起新絮，小雨落余花。蜜满蜂登课，泥香燕作家。物情犹好在，人事益纷挈。

潘 纯

题豫章杨季子水北山房

旧闻杨季子，水北有山房。竹色长年绿，松阴五月凉。雨丝深钓渚，风帙散书床。亦欲相从去，江波不可航。

许 恕

田舍写怀

开荒临水驿，草蔓一何深！细雨滋牛力，新晴慰客心。稍看田野辟，不畏虎狼侵。麦饭香连屋，归耕傍绿阴。

瞿 智

送于彦成归越次郯九成韵

匡山于外史，上越有归舟。久负江湖约，宁知岁月流。琼书天上鹤，《渌水》镜中鸥。一曲真幽绝，当追贺监游。

卷五 七言律

元好问

横波亭为青口帅赋

孤亭突兀插飞流，气压元龙百尺楼。万里风涛接瀛海，千年豪杰壮山丘。疏星淡月鱼龙夜，老木清霜鸿雁秋。倚剑长歌一杯酒，浮云西北是神州。

颍 亭

颍上风烟天地回，颍亭孤赏亦悠哉。春风碧水双鸥静，落日青山万马来。胜概销沉几今昔，中年登览足悲哀。远游拟续骚人赋，所惜匆匆无酒杯。

被檄夜赴邓州幕府

幕府文书鸟羽轻，敝裘羸马月三更。未能免俗私自笑，岂不怀归官有程？十里陂塘春鸭闹，一川桑柘晚烟平。此生只合田间老，谁遣春官识姓名？

出　都

汉宫曾动伯鸾歌，事去英雄可奈何！但见觚棱上金爵，岂知荆棘卧铜驼？神仙不到秋风客，富贵空悲春梦婆。行过芦沟重回首，凤城平日五云多。

寄刘继先

清霜茅屋耿无眠，坐忆分携一慨然。楚客登临动归兴，谢公哀乐感中年。凄凉古驿人烟外，迤逦荒山雪意边。千树春风水杨柳，待君同系晋溪船。

送樊顺之

弓刀十驿岳莲州，渭水秦山得意秋。王粲从军正年少，庾郎入幕更风流。寒乡况味真鸡肋，清镜功名属虎头。寄谢溪风亭上月，老夫乘兴欲西游。

刘　因

高　亭

高亭云锦绕清流，便是吾家太一舟。山影酒摇千叠翠，雨声窗纳一天秋。襟怀洒落景长胜，云影空明天共游。笑向白鸥问尘世，几人曾信有沧洲？

夏日饮山亭

借住郊园旧有缘，绿阴清昼静中便。空钩意钓鱼亦乐，高枕卧游山自前。露引松香来酒盏，雨催花气润吟笺。人来每问农桑事，考证床头《种树篇》。

牟 巘

和刘朔斋海棠

人物当今第一流，以花为屋玉为舟。晓妆未许褰帏看，夜醉何妨秉烛游。锦里宣华思旧梦，黄州定慧起新愁。何如归伴徐公饮，稳结一巢花上头。

戴表元

陪阮使君游玉几

花满车茵酒满船，乱云堆里访枯禅。林深何处无芳草，人静有时闻杜鹃。神屋尽飞青礮礴，灵潭阴罩赤蜿蜒。居然悟得松风梦，回首庐山二十年。

十月朔旦寄贵白兄弟

黄牛村前秋叶飞，青螺峰外海云归。故人相思雪满鬓，客子
独行风举衣。乌鹊定占谁屋喜，鲈鱼知比去年肥。当时歌酒江湖
上，百里音书今亦稀。

方 夔

田家杂兴二首

樵路通村暗蒺藜，数橼茅菴护疏篱。阴阴清樾风生树，拍拍
苍鹅水满陂。记日旋锄烧地粟，上时新卖落车丝。晚晴惭愧逢端
午，醉卧黄昏自不知。

两两苍髯笑杖藜，蒨裙儿女隔笆篱。斜阳鸦噪烧钱社，细雨
牛眠放牧陂。酒熟十千沽玉瀣，面香三丈卷银丝。客来偶及兴亡
事，说与衰翁也自知。

晚 眺

依稀风景小羌村，不欠东屯稻菽园。阿魏捣香风送响，雕胡
擘玉水开痕。招邀紫翠山当座，标拨红黄菊上盆。世上去来俱是
客，随风吹送梦归魂。

熊铢

越州道中

野田秋溜正潺潺，新翠乔林绕舍环。淡日凝烟横别浦，斜风吹雨过前山。柴扉初放牛羊出，渔艇方携蟹蛤还。自笑平生爱游览，天教长在水云间。

陈深

次韵子封承之游桃花坞

阊门行乐送韶华，闲访城阴野老家。黄蝶得晴飞菜叶，翠禽隔浦啄桃花。衡门倒屣临官路，古渡横舟阁浅沙。亦有诗人时一到，醉吟行尽夕阳斜。

袁易

与师言客钱塘凡三月余，师言归后作诗奉寄

灯花犹记别时红，为报君归我亦东。岂意黄尘迷瘦马，尚淹青眼送飞鸿。群山积雪清相射，千树寒梅望欲空。何逊扬州才思减，试烦妙语唤春风。

春雨漫兴

日日春阴只欲眠，强寻南陌复东阡。犹残碧树花多少，莫惜金尊酒十千。象管乌丝题往事，玉箫锦瑟负华年。愁来只对西山坐，卷起疏帘翠接天。

江上平芜望欲迷，江边密雨细如丝。冥冥白昼飞花急，漠漠青林度鸟迟。春事又当三月莫，人生那得百年期？谁能苦惜缠头锦，唤起娇娆舞《柘枝》。

郝 经

老 马

百战归来力不任，消磨神骏老骎骎。垂头自惜千金骨，伏枥仍存万里心。岁月淹延官路杳，风尘荏苒塞垣深。短歌声断银壶缺，常记当年烈士吟。

落 花

彩云红雨暗长门，翡翠枝余蓂绿痕。桃李东风蝴蝶梦，关山明月杜鹃魂。玉阑烟冷空千树，金谷香销谩一尊。狼籍满庭君莫扫，且留春色到黄昏。

王 恽

过沙沟店

高柳长途送客吟，暗惊时序变鸣禽。清风破暑连三日，好雨依时抵万金。远岭抱枝围野色，行云随马弄轻阴。摇鞭喜入肥城界，桑柘阴浓麦浪深。

程钜夫

寄郑信卿参政

阙下相看未忍分，过门谁料不逢君。竟参华省江南去，定有新声天上闻。夜静每劳瞻紫气，春深几欲和《停云》。豫章台下南归路，何日论心到夕曛？

吴 澄

题阁皂山

汉吴仙迹两峰齐，欲拾瑶华路恐迷。宝殿青红疑地涌，林峦苍翠接天低。九重香案分云篆，八景琅函记玉题。仙鹤翔空清似水，步虚声在朵云西。

元 淮_{立春日赏红梅之作}

昨夜东风转斗杓，陌头杨柳雪才消。晓来一树如繁杏，开向孤村隔小桥。应是化工嫌粉瘦，故将颜色助花娇。青枝绿叶何须辨，万卉丛中夺锦标。

赵孟頫

和姚子敬秋怀

搔首风尘双短鬓，侧身天地一儒冠。中原人物思王猛，江左功名愧谢安。苜蓿秋高戎马健，江湖日短白鸥寒。金尊绿酒无钱共，安得愁中却暂欢。

闻捣衣

露下碧梧秋满天，砧声不断思绵绵。北来风俗犹存古，南渡衣冠不及前。苜蓿总肥宛骒袅，琵琶曾泣汉婵娟。人间俯仰成今古，何待他时始惘然。

岳鄂王墓

鄂王墓上草离离，秋日荒凉石兽危。南渡君臣轻社稷，中原父老望旌旗。英雄已死嗟何及，天下中分遂不支。莫向西湖歌此

85

曲，水光山色不胜悲。

溪　上

溪上东风吹柳花，溪头春水净无沙。白鸥自信无机事，玄鸟犹知有岁华。锦缆牙樯非昨梦，凤笙龙管是谁家？令人苦忆东陵子，拟问田园学种瓜。

次韵信仲晚兴

萧萧残照晚当楼，寒叶疏云乱客愁。岁月蹉跎星北指，乾坤浩荡水东流。古来人物皆黄土，少日心情在一丘。独立无言风满袖，青山相对共悠悠。

次韵王时观

相思吴越动经年，一见情深重惘然。草木变衰人易老，江湖牢落雁难前。秦山半出青天上，禹穴遥临古道边。欲说旧游浑似梦，何时重上剡溪船？

钱唐怀古

东南都会帝王州，三月莺花非旧游。故国金人泣辞汉，当年玉马去朝周。湖山靡靡今犹在，江水悠悠只自流。千古兴亡尽如此，春风麦秀使人愁。

纪旧游

二月江南莺乱飞，百花满树柳依依。落红无数迷歌扇，嫩绿多情妒舞衣。金鸭焚香川上暝，画船挝鼓月中归。如今寂寞东风里，把酒无言对夕晖。

见章得一诗因次其韵

水色清涟日色黄，梨花淡白柳花香。即看时节催人事，更觉春愁恼客肠。无酒难供陶令饮，从人皆笑郦生狂。城南风暖游人少，自在晴丝百尺长。

次韵端文和鲜于伯几所寄诗

画舸西湖到处游，别来飞梦到杭州。百年底用忧千岁，一日相思似几秋。苦忆东南多胜事，空吟西北有高楼。只今赖有刘公幹，时写新诗解客愁。

袁　桷

张虚靖圜庵扁曰归鹤次韵

招仙游馆构亭亭，万叠松寒晓日青。玉局讲残春换劫，石台丹在草通灵。红羊赤马悲沧海，白虎苍龙俨大庭。为爱子乔笙鹤美，月凉时许夜深听。

寄史允叟

故国王孙佩碧兰，春去凉月倚朱阑。玉箫曲趁莺声转，金鼎香随蝶梦残。碧沚波清堪把钓，黄尘风急倦弹冠。外家文采惟君在，笑我冰髭跨晓鞍。

马祖常

奉和奥屯都事秋怀

灵河七夕巧云稠，坠露声清夜得秋。月冷桂花飘左界，山寒荔子落东瓯。人怜纨缟裁衣袂，谁借蒲葵剪扇头。竹影近窗砧杵急，梦随南客问行舟。

追和许浑游溪夜回韵

溪水连云过竹间，溪声云影半潺潺。鹤来近屋童看熟，鹭下长松客对闲。每待月痕侵石坞，还期烟色认柴关。人生岂独官为贵，好向君王乞越山。

龙虎台应制

龙虎台高秋意多，翠华来日似鸾坡。天将山海为城堑，人倚云霞作绮罗。周穆故惭《黄竹赋》，汉高空奏《大风歌》。西京巡省非行幸，要使苍生乐至和。

张养浩

黄州道中

濯足常思万里流，几年尘迹意悠悠。闲云一片不成雨，黄叶满城都是秋。落日断鸿天外路，西风长笛水边楼。梦回已悟人间世，犹向邯郸话旧游。

虞　集

舟次湖口

江沙如雪水无声，舟倚蒹葭雁不惊。霜气隔篷才数尺，斗杓插地已三更。抛书枕畔怜儿子，看剑灯前慨友生。尚有乘桴无限意，催人摇橹转江城。

送袁伯长扈从上京

日色苍凉映紫袍，时巡毋乃圣躬劳。天连阁道晨留辇，星散周庐夜属橐。白马锦鞯来窈窕，紫驼银瓮出蒲萄。从官车骑多如雨，只有扬雄赋最高。

城东观杏花

明日城东看杏花，丁宁儿子早将车。路从丹凤楼前过，酒向金鱼馆里赊。绿水满沟生杜若，暖云将雨少尘沙。绝胜羊傅襄阳道，归骑西风拥鼓笳。

杨　载

宗阳宫望月分韵得声字

老君台上凉如水，坐看冰轮转二更。大地山河微有影，九天风露寂无声。蛟龙并起承金榜，鸾凤双飞载玉笙。不信弱流三万里，此身今夕到蓬瀛。

题沈君湖山春晓图诗卷

迤逦沙堤接画桥，东风杨柳暗长条。莺随玉笛声偏巧，马受金羁气益骄。舞榭歌台临道路，佛宫仙馆入云霄。西湖春色年年好，底事诗翁叹寂寥。

赠孙思顺

天涯相遇两相知，对榻清谈玉屑霏。芳草谩随愁共长，青春不与客同归。薰风池馆蛙声老，落日帘栊燕子飞。南浦他年重到日，湖山应识谢玄晖。

范　椁

题黄隐居秋江钓月图

旧识先生隐者流，偶因图画想沧洲。断云满路碧窗晚，明月何年青嶂秋。世故风尘双短屐，生涯天地一扁舟。何由白石空矶畔，招得人间万户侯。

揭傒斯

梦武昌

黄鹤楼前鹦鹉洲，梦中浑似昔时游。苍山斜入三湘路，落日平铺七泽流。鼓角沈雄遥动地，帆樯高下乱维舟。故人虽在多分散，独向南池看白鸥。

送詹尊师归庐山

香炉峰色紫生烟，一入京华路杳然。云碓秋闲舂药水，雨犁春卧种芝田。书凭海鹤来时寄，剑自潭蛟去后悬。忽报归期惊倦客，独淹微禄负中年。

黄溍

开元宫

谁使藏舟一夕移，红楼翠幕未全非。曾闻帝子乘鸾去，疑有仙人化鹤归。烟径月明瑶草歇，石坛露冷碧桃稀。赤栏桥畔多时立，闲看杨花作雪飞。

独　立

数尽飞花一怆然，壮心迢递夕云边。十年人事空流水，二月风光已杜鹃。过眼青春宁复得，污人黄土绝堪怜。故园尚有平生约，可使苍苔到石田。

即　事

南陌东阡草色齐，惝惝门巷客来稀。受风燕子轻相逐，著雨杨花湿更飞。绿树无言春又尽，红尘如雾手频挥。浮生莽莽吾何计？独立看云竟落晖。

夏日漫书

枕上初残柏子香，鸟声帘外已斜阳。碧山过雨晴逾好，绿树无风晚自凉。芳岁背人成苒苒，好诗和梦落苍茫。羊求何不来三径，门掩残书满石床。

龙潭山

二月清江照眼明，避风舟楫满回汀。断云挟雨时时黑，密叶藏花树树青。习隐未成陶令赋，行歌聊共屈原醒。碧潭光景无消息，坐看鱼儿点翠萍。

柳 贯

次韵鲁参政观潮

怒潮卷雪过樟亭，人立西风酒旆青。日毂行天沦左界，地机激水出东溟。倒排山岳穷千变，阖辟云雷辣百灵。望海楼头追胜赏，坐中宾客弁如星。

次伯长待制韵送王继学修撰马伯庸应奉扈从上京

山围黑谷翠漫漫，独许词臣息马看。跬道云开朝采正，蹕林风定雪花乾。赋成特赐麒麟罽，宴出初擎码碯盘。岁岁八州人望幸，钩陈旗尾认朱竿。

次韵伯庸待制上京寓直书事因以为寄

举头凉影动明河，问讯仙人八月槎。斗下孤光悬太白，云间长御挟纤阿。《霓裳》催按新声遍，凤诏需承曲宴多。一代词华归篆刻，龙文还欲映瑚戈。

松翠新裁似鹤翎，手中云影落深青。宫花忽动红千帐，禁柳齐分绿半襦。金掌擎秋调玉屑，铜浑窥夜约银钉。不知太史朝来奏，东壁光联第几星？

乌桓落日稍沉西，南极青山女堞低。马谷夏泉经雨涨，龙堆秋草拂云齐。一函祠检将升玉，万里丸封不用泥。僝直夜凉谈往事，乘车犹欲避鸡栖。

送张明德使君赴南恩州

几许炎州画里山，西风驱向马前看。诗人旧志三刀喜，边候新乘一障安。时取椰浆斟玉液，饶将桂蠹荐雕盘。雪花定比常年大，燕寝香凝夜气寒。

萨都剌

赠刘云江宗师

羽人推转阿香车，童子穿松拾翠华。天上赐衣沾雨露，山中诗锦织云霞。瑶台紫气秋横剑，石室丹光夜走砂。拟借茅君三白鹤，乘风骑到玉皇家。

三衢马太守昂夫索题烂柯山石桥

洞口龙眠紫气多，登临聊和《采芝歌》。烂柯仙子何年去？鞭石仙人此地过。乌鹊横空秋有影，银河垂地水无波。遥知题柱凌云客，天近应闻织女梭。

台山怀古

越王故国四围山，云气犹屯虎豹关。铜兽暗随秋露泣，海鸦多背夕阳还。一时人物风尘外，千古英雄草莽间。日莫鹧鸪啼更急，荒台丛竹雨斑斑。

过广陵驿

秋风江上芙蓉老，阶下数株黄菊鲜。落叶正飞扬子渡，行人又上广陵船。寒砧万户月如水，老雁一声霜满天。自笑栖迟淮海客，十年心事一灯前。

次韵登凌歊台

山势如龙去复回，闲云野望护重台。离宫夜有月高下，辇路日无人往来。春色不随亡国尽，野花只作旧时开。断碑衰草荒烟里，风雨年年上绿苔。

宋 无

次友人春别

波流云散碧天空，鱼雁沉沉信不通。杨柳昏黄晚西月，梨花明白夜东风。秋千庭院人初下，春半园林酒正中。背倚阑干思往事，画楼魂梦可曾同？

陈　旅

和维扬友人

扬子江头水拍天，人家种柳住江边。吴娃荡桨潮生浦，楚客吹箫月满船。锦缆忆曾游此地，琼花开不似当年。竹西池馆多红药，日夜题诗舞袖前。

送宜黄刘县尹

宝剑妆成即远游，郎心何似妾心忧。茜裙香湿芙蓉雨，翠袖凉生薜荔秋。江北长愁宁滞酒，周南多病莫登楼。海门潮落江瑶美，能把千金买越舟。

张　翥

听松轩为丹丘杜高士作

长松千树拥前荣，虚籁还从树底鸣。一片海涛云杪堕，几番山雨月中生。茶香夜煮苓泉活，琴思秋翻鹤帐清。安得南华老仙伯，相随轩上说风声。

忆吴兴

忆泛苕华溪上船，故人为我重留连。半山塔寺藏云树，绕郭楼台住水天。白榜载歌明月里，青帘沽酒画桥边。计筹山下先茔在，欲往浇松定几年。

忆维扬

蜀冈东畔竹西楼，十五年前烂漫游。岂意繁华今劫火，空怀歌吹古扬州。亲朋未报何人在，战伐宁知几日休！惟有满襟狼籍泪，何时归洒大江流？

秦淮晚眺

赤栏桥下莫潮空，远火疏春暗霭中。星月半天分落照，断云千里附归风。严城鼓角秋声早，故国山川王气终。莫讶时来一长望，越吟荆赋思无穷。

郡城晚望览临武台故基

全晋山川气象开，满城烟树拥楼台。土风旧有尧时俗，人物今无楚国材。千嶂晚云原上合，两河秋色雁边来。昔时胜赏空陈迹，落日登临画角哀。

贡师泰

送寿宏毅应奉赴兴国路经历

院门深锁落松花，东接蓬莱小海斜。绛蜡夜深催视草，紫泥春蚕听宣麻。凤凰池上人辞直，鸿雁江南客过家。幕府秋来清似水，吟诗应对白鸥沙。

送东流叶县尹

江流东下县南迁，一簇人烟野岸边。荻笋洲青鸥鸟狎，杨花浪白鲚鱼鲜。印来聚吏排衙鼓，社到随民出俸钱。应是绣衣行部处，拦街齐颂长官贤。

朱仲文编修还江西，诸公分题赋诗为饯。予适同载南归，约至扬子桥分别，因为赋此

瓜洲渡口山如浪，扬子桥头水似云。夹岸芙蕖红旖旎，满汀杨柳绿纷纭。一杯酒向今朝别，万里船从此地分。他日重来须舣棹，莫教惊散白鸥群。

赠天台李炼师

翠蛟青凤下晴空，家住天台第几重？岁久松肪成琥珀，夜深丹气出夫容。仙童奏简骑文虎，太乙悬旗起绛龙。昨夜从师到天上，故山还著白云封。

迺 贤

次段吉甫助教春日怀江南韵

花底开尊待月圆，罗衫半浥酒痕鲜。一年湖上春如梦，二月

江南水似天。修禊每怀王逸少，听歌却忆李龟年。卜邻拟住吴山下，杨柳桥边权画船。

谢宗可

睡 燕

补巢衔罢落花泥，困顿东风倦翼低。金屋昼长随蝶化，雕梁春尽怕莺啼。魂飞汉殿人应老，梦入乌衣路转迷。却怪卷帘人唤醒，小桥深巷夕阳西。

吴师道

城外见杏花

曲江二十年前会，回首芳菲似梦中。老去京华度寒食，闲来野水看东风。树头绛雪飞还白，花外青天映更红。闻说琳宫更佳绝，明朝携酒访城东。

周 权

秋 日

石脉泉花蘸眼明，竹根沙路旧经行。云归天际山容淡，日落江头雁影横。梧叶庭除秋渐老，豆花篱落晚初晴。客行迢递归心远，烟火苍茫起莫程。

晚　春

轻车繁吹尚纷纭，袅袅香浮紫陌尘。杜宇青山三月莫，桃花流水一溪云。东风旗旆亭中酒，小雨阑干柳外人。何许数声牛背笛，天涯芳草正斜曛。

袁士元

和嵊县梁公辅夏夜泛东湖

短棹乘风湖上游，湖光一鉴湛于秋。小桥夜静人横笛，古渡月明僧唤舟。鸳浦藕花初过雨，渔家灯影半临流。酒阑兴尽归来后，依旧青山绕客楼。

黄镇成

舟过石门梁安峡

书画船头载酒回，沧洲斜日隔风埃。一双白鸟背人去，无数青山似马来。天际雨帆梁峡出，水心云寺石门开。同游有客如高李，授简惟惭赋岘台。

郑元祐

和萨天锡留别张贞居寄倪元镇

梁溪岁莫若为情，溪上梅花待晓晴。径雪冷埋山履齿，檐冰夜堕石床声。《内篇》携向松根读，如意持将竹里行。短晷何能理幽事？南窗剪烛话寒更。

周伯琦

七月七日同宋显夫学士暨经筵僚属游上京西山纪事二首

联冈叠阜卫神都，万幕平沙八阵图。朝市星垣周社稷，宗藩盘石汉规摹。官堤亘野丰青草，禁籞深林暗碧榆。地辟天开到今日，九重垂拱制寰区。

盘盘绝顶抚峥嵘，目尽天涯一掌平。海气腾空摇铁刹，山风卷雾净金城。鞲鹰秋健诸酋帐，苑马宵肥七校营。相顾依然情未已，携壶明日约同倾。

陈 基

题玉山草堂

隐居家住玉山阿，新制茅堂接薜萝。悲翠飞来春雨歇，麝香眠处落花多。《竹枝》已听巴人调，桂树仍闻楚客歌。明日扁舟入青浦，不堪离思隔沧波。

张　宪

留别赛景初

暖云将雨骤阴晴，四月罗衣尚未成。万点愁心飞絮影，五更残梦卖花声。方空越白承恩厚，绣襦诸于照道明。自笑穷途不归去，空怀漫刺阖闾城。

杨维桢

钱塘怀古率堵无傲同赋

天山乳风飞来小，南渡衣冠又六朝。劫火自焚杨琏塔，箭锋犹抵伍胥潮。磷光夜附山精出，龙气秋随海雾消。惟有宫人斜畔月，多情还自照吹箫。

寄卫叔刚

二月春光如酒浓，好怀每与故人同。杏花城郭青旗雨，燕子楼台玉笛风。锦帐将军烽火外，凤池仙客碧云中。凭谁解释春风恨？只有江南盛小丛。

无题效商隐体四首<small>与袁子英同赋。</small>

当轩队子立红靴，龟甲屏风拥绛纱。公子银瓶分汗酒，佳人金胜剪春花。曲调青凤歌声转，觥进黄鹅舞势斜。五十男儿头未白，临流洗马走红沙。

主家院落近连昌，燕子归来旧杏梁。金埒近收青海骏，锦笼初教雪衣娘。卷衣甲帐春容晓，吹笛西楼月色凉。今夜阿鸿新进剧，黄金小带荔枝装。

二月皇都花满城，美人多病苦多情。一双孔雀衔青绶，十二飞鸿上锦筝。酒掬珍珠传玉掌，羹分甘露倒银罂。不堪容易少年事，争遣狂夫作后生。

天街如水夜初凉，照室铜盘璧月光。别院三千红芍药，洞房七十紫鸳鸯。绣靴蹋踘句骊样，罗帕垂弯女直妆。愿尔康强好眠食，百年欢乐未渠央。

卷六 七言律

张 昱

湖 楼

楼前芳草碧盈盈，付与幽禽自在鸣。堤上马驮红粉过，湖中人载画船行。日长燕子语偏好，风暖杨花体又轻。何限才情被花恼，独教书记得狂名。

西山亭留题

马头曾为使君回，北望新亭道路开。于越地形缘海尽，句吴山色过江来。英雄有恨余湖水，天地忘怀入酒杯。珍重谢家林下客，玉山何待倩人推？

醉 题

二月莺声最好听，风光终日在湖亭。清宵酒压杨花梦，细雨灯深孔雀屏。情在绸缪歌《白苎》，心同慷慨赠青萍。方平自得麻姑信，从此人间见客星。

送丁道士还丰陵

丁令还家骨已仙，更无城郭有山川。未添白发三千丈，又见铜驼五百年。荒草茫茫连故国，孤云冉冉下寥天。澧兰歌送潺湲水，极望浔阳思惘然。

赠沈生还江州

乡心正尔怯高楼，况复楼中赋远游。客里登临俱是感，人间送别不宜秋。风前落叶随车满，日下浮云共水流。知汝琵琶亭畔去，白头司马忆江州。

赠寓客还瓜州

把酒临风听棹声，河边官柳绿相迎。几潮路到瓜州渡，隔岸山连铁瓮城。月色夜留江叟篷，花枝春覆寺楼筝。赠行不用歌《杨柳》，此日还家足太平。

倪 瓒

北 里

舍北舍南来往少，自无人觅野夫家。鸠鸣桑上还催种，人语烟中始焙茶。池水云笼芳草气，井床露净碧桐花。练衣挂石生幽梦，睡起行吟到日斜。

寄熙本明

在山无事入城中，每问归樵得信通。松室夜灯禅影瘦，石潭秋水道心空。幽扉独掩林间雨，疏磬遥传谷口风。几度行吟欲相觅，乱流深涧隔西东。

三月一日自松陵过华亭

竹西莺语太丁宁，斜日山光潋翠屏。春与繁花俱欲谢，愁如中酒不能醒。鸥明野水孤帆影，鹘没长天远树青。舟楫何堪久留滞？更穷幽赏过华亭。

别章炼师

方舟共济春江阔，访我寒烟菰苇中。鼓柁斜冲菱叶雨，钩帘半怯杏花风。仙人坛上芝应碧，玉女窗中桃未红。拟趁轻帆数来往，缥壶不惜酒如空。

与伯雨登溪山胜概楼

楼下清溪夏亦寒，溪头个个白鸥闲。风回绿卷平堤水，林缺青分隔岸山。若士振衣千仞表，何人泛宅五湖间。绝怜与子同清赏，拟向云霄共往还。

东林隐所寄陆征士

寝扉桃李昼阴阴，耕凿居人有远心。一夜池塘春草绿，孤村风雨落花深。不嗔野老群争席，时有游鱼出听琴。白发多情陆征士，松间石上续幽吟。

郭 钰

和杨茂才闲居

板桥通径薛萝深，浓翠浮衣竹十寻。啼鸟渐驯时近客，归云不动似知心。剪苔盘石移棋局，添火香篝续水沉。赋笔惟应潘岳好，恨无樽酒与同斟。

访友人别墅

阴森万木晓苍茫，路转山腰问草堂。池涌慢波萍叶散，窗涵细雨橘花香。读书程度输年少，中酒心情厌日长。公子飘飘才思阔，何妨高咏伴沧浪。

和酬宋竹坡韵

寄诗问我山中事，性懒家贫一事无。春瓮酒香梅未落，午窗梦起鸟相呼。旧来叔夜交游绝，老去文通笔砚枯。鸥社共盟君未弃，何须驰志向伊吾？

王　逢

钱塘春感六首

紫阙軿车从六龙，尽随仙曲度青空。苍山楼阙旃林里，赤羽旌麾野庙中。百姓未忘周大赉，成都元有汉遗风。流莺不管伤春恨，冲落桃花满树红。

王气凌虚散晓霞，虎闱麟阁静烟花。中天日月迁黄道，沧海风云冷翠华。望帝神游夔子国，乌衣梦隔野人家。当时举目山河异，岂但红颜泣塞笳！

周南风俗汉衣冠，五色云中忆驻銮。璎珞桧高藏白兽，蕊珠花发降文鸾。河通织女机丝湿，雨歇巫娥翠黛寒。满地吴山谁洒泪？一江春水独凭阑。

日华初动衮衣明，剑佩千官隐绣楹。五色黼函开玉座，九重汤药下银罂。书题凤尾仙曹喜，恩浃螭坳学士荣。文化有余戎事略，铜驼草露不胜情。

瑶池青鸟集觚棱，白塔金凫闷夜灯。云母帐虚星采动，水晶宫冷露华凝。骊山草暗墟周业，郿坞花繁失汉陵。白马素车江海上，依然潮汐撼西兴。

金爵觚棱月向低，泠泠清磬万松西。五门曙色开龙尾，十日春寒健马蹄。红雾不收花气合，绿波初涨柳条齐。遗民暗忆名都会，尚绕湖滑唱《大堤》。

送薛鹤齐真人代祀天妃还京

蓬莱宫里上卿班，代祀天妃隔岁还。日绕五文皆御气，海浮一发是成山。风霆夜护龙鸾节，云雾朝披玉雪颜。圣渥既隆玄化盛，转输应尽入秦关。

叶 颙

题幽居

隔溪春色两三花，近水楼台四五家。浊酒不妨留客醉，好山长是被云遮。松根净扫弹琴石，柳下常维钓月槎。路狭不容车马到，只骑黄犊访烟霞。

钱惟善

述怀寄光远并简城南诸友

野人无事久忘机，肯信纷华有是非？花信欲阑莺百啭，麦芒初长雉双飞。书中岁月仍为客，枕上江山屡梦归。归复思君倚深树，不知残雨湿春衣。

段克己

寄仲坚汉臣二子

经春日日卧空庐，门巷萧条长者车。一卷时看王湛《易》，数行懒寄子公书。风光少得如人意，颜面从教与世疏。闻健不来花下醉，明年花发定何如？

段成己

中秋之夕封生仲坚卫生行之携酒与诗见过依韵以答

夜凉河汉静无声，澄澈天开万里晴。蟾吐寒光呈皎洁，桂排疏影甚分明。良宵方喜故人共，醉语那知邻舍惊。一片诗魂招不得，九霄直与月俱清。

仇　远

次胡苇杭韵

曾识清明上巳时，懒能游冶步芳菲。梨花半落雨初过，杜宇不鸣春自归。双冢年深人祭少，孤山日晚客来稀。江南尚有余寒在，莫倚东风褪絮衣。

怀　古

吹杀青灯炯不眠，满襟怀古恨绵绵。江东曾识桓司马，沧海难追鲁仲连。吴岫月明吟木客，汉宫露冷泣铜仙。何时一酌桃源酒，醉倒春风数百年。

和韵胡希圣湖上

连作湖山五日游，沙鸥惯识木兰舟。清明寒食荒城晚，燕子梨花细雨愁。赐火恩荣皆旧梦，禁烟风景似初秋。凤丝龙竹繁华意，犹为西林落日留。

宿集庆寺

半生三宿此招提，眼底交游更有谁？顾恺漫留金粟影，杜陵忍赋玉华诗。旋烹紫笋犹含箨，自摘青茶未展旗。听彻洞箫清不寐，月明正照古松枝。

题溧阳市

万家大县旧留都，一派中江入太湖。缩项鱼肥人脍玉，长腰米贵客量珠。府分南北寒芜合，桥直东西夜市无。却是旗亭浮蚁美，杖头能费几青蚨。

白　斑

游天竺寺

山转龙泓一径深，岚烟吹润扑衣巾。松萝掩映似无路，猿鸟往来如有人。讲石尚存天宝字，御梅尝识建炎春。城中遮日空西望，自与长安隔两尘。

杨 果

洛阳怀古

洛阳云树郁崔嵬，落日行人首重回。山势忽从平野断，河声偏傍故宫哀。《五噫》拟逐梁鸿去，六印休惊季子来。惆怅青槐旧时路，年年无数野棠开。

陈 孚

真定怀古

千里桑麻绿荫城，万家灯火管弦清。恒山北走见云气，滹水西来闻雁声。主父故宫秋草合，尉陀荒冢莫烟平。开元寺下青苔石，犹有当时旧姓名。

永 州

烧痕惨淡带昏鸦，数尽寒梅未见花。回雁峰南三百里，《捕蛇说》里数千家。澄江绕郭闻渔唱，怪石堆庭见吏衙。昔日愚溪何自苦？永州犹未是天涯。

开平即事二首

百万貔貅拥御闲，滦江如带绿回环。势超大地山河上，人在中天日月间。金阙觚棱龙虎气，玉阶间阖鹭鹓班。微臣亦有河汾策，愿叩刚风上帝关。

天开地辟帝王州，河朔风云拱上游。雕影远盘青海月，雁声斜送黑山秋。龙冈势绕三千陌，月殿香飘十二楼。莫笑青衫穷太史，御炉曾见衮龙浮。

邓文原

三月晦游道场山宿清公房与成父同行二首

绝顶轩窗纳晚晡，下方灯火听钟鱼。天连震泽涵元气，地涌浮图切太虚。凉立松风观石溜，晚寻樵径扣僧庐。孤亭山麓荒苔积，犹想幽人夜读书。

涧石萦纡紫竹丛，晴云吹落水晶宫。夜寒身宿群峰顶，花尽春归万木中。傥买山田营破屋，时过僧寺驾孤篷。只应渺渺轩前路，杖履长陪鹤发翁。

李 材

海子上即事

驰道尘香逐玉珂，彤楼花暗弄云和。光风已转瀛洲草，细雨微添太液波。月榭管弦鸣曙早，水亭帘幕受寒多。少年勿动伤春感，唤取青娥对酒歌。

何 中

新淦畈步作

松筠色润翠成围，鹅鸭声多水渐肥，隔县贩人争野路，迎年姹女试新衣。暖烟黄柳知春到，残雪青山伴客归。茅屋酒旗随处有，悠悠世事尽相违。

于 石

半山亭

万叠岚光冷滴衣，清泉白石锁烟扉。半山落日樵相语，一径寒松僧独归。叶堕误惊幽鸟去，林空不碍断云飞。层崖峭壁疑无路，忽有钟声出翠微。

清明次韵赵登

九十春光半晦明，东郊携手趁新晴。飘零风絮如行客，冷暖厨烟见世情。宿雨秋千花有泪，斜阳古冢草无名。劝君且尽樽前兴，柳上一声何处莺？

潇江亭

背依古塔面层峰，曲曲阑干峻倚空。万屋参差江色外，片帆出没树阴中。五更钟鼓半山月，两岸渔樵一笛风。极目子陵台下路，滔滔惟有水流东。

西湖 乡人杜伯高，昔与诸公饮于湖上，得风月一联，予爱其语，因为足成之。

西湖胜概甲东南，满眼繁华今几年？钟鼓相闻南北寺，笙歌不断往来船。山围花柳春风地，水浸楼台夜月天。士女只知游赏乐，谁能轸念及三边！

傅若金

沛公亭

遥山寂寂对危亭，坏础欹沙柳自青。四海久非刘社稷，千秋犹有汉精灵。丰西水散烟沉浦，砀北云来雨入庭。坐想酒酣思猛士，歌风台下晚冥冥。

登 楼

楼上西风吹画屏，楼前秋思满都亭。金河水去涓涓碧，琼岛云来冉冉青。近见萧何成第宅，旧闻汲黯在朝廷。明时进用多英杰，迂腐深惭守一经。

题张齐公祠

将军结发事先朝，百战山河血未销。总说霁云能慷慨，兼闻去病最嫖姚。烟尘剑戟迷秋峒，风雨旌旗落莫潮。自古英雄须庙食，精灵何待《楚辞》招！

正月十七日丽正门观迎接口号

南徼旌旗万里回，中天城阙九重开。龙门仗簇青云起，鹤禁香通紫气来。父老多流去日泪，公卿不乏济时材。已闻奉玺归金室，早听趋朝进玉杯。

送唐子华嘉兴照磨子华名棣，吴兴人，善画。

闻君秋思满南潮，行李今晨发帝都。幕府初乘从事马，江城还忆步兵鲈。树浮白日山侵越，潮蹴青天海入吴。闲暇冯高动诗兴，须成一醉扫新图。

上　蔡

上蔡城头黄叶多，闻鸡看剑起长歌。徒怜丞相东门犬，犹忆将军半夜鹅。树底衣裳沾雾雨，马前灯火动星河。凉风满路吹行驿，那似金门听玉珂。

兴安县

乱峰如剑不知名，篁竹萧萧送驿程。转粟未休漓水役，负戈犹发夜郎兵。百蛮日落朱旗暗，九岭风来画角清。空使腐儒多感慨，西南群盗几时平？

书南宁驿

岁晚驱驰忆帝京，北风回首重关情。中天日月回金阙，南极星辰绕玉衡。父老尚烦司马檄，蛮夷须用伏波兵。也知文德能柔远，传道新恩欲罢征。

洞庭连天楼

崔嵬古庙压危沙，缥缈飞楼入断霞。南极千峰迷楚越，西江众水混渝巴。鲛人夜出风低草，龙女春还雨湿花。北倚阑干望京国，故人何处认星槎？

闻张吏部督海运归咏怀奉简

日边双节下沧溟，云际千艘赴驿亭。直为邦畿须转粟，也因江海念流萍。玉京永夜瞻卿月，银汉清秋识使星。待尽西风始相见，客愁如酒一时醒。

送张秀才北上时将赴海

身逐征帆赴海涯，道逢行李问京华。涓人解致燕王马，卜史工占蜀客槎。冠盖早朝星在树，管弦春宴月当花。盛时繁丽应如昨，把酒闻莺肯忆家。

岳阳中秋值安南贡使因怀旧游

洞庭秋气满龙堆，为客偏惊节序催。铁笛乍闻云外过，琼楼应傍月中开。越裳重译三年至，滇海浮槎八月来。忽忆旧游今万里，天涯长见雁飞回。

题栖碧山为淦龚舜咨赋

山人爱山如李白，幽栖还在碧云深。松杉绕屋清宵响，雷雨悬崖白昼阴。石上每同仙客坐，花间犹恐世人寻。京华日日多尘土，终拟投簪话夙心。揭文安公云：予欲赋栖碧久矣。兴无由起。一日，临江傅与砺来，开卷同赋之。予诗未成，与砺已就。非不可更作，念无可以过与砺也，遂易结语而已。

宋　本

大都杂诗

绣错繁华遍九衢，《上林》词赋汉西都。朱门细婢金条脱，紫禁材官玉鹿卢。万里星辰关上界，四朝冠盖翊皇图。东邻白面生纨绮，笑杀扬雄卧一区。

宋　褧

都城杂咏

流珠声调弄琵琶，韦曲池台似馆娃。罗袖舞低杨柳月，玉笙吹绽牡丹花。龙头泻酒红云滟，象口吹香绿雾斜。却笑西邻蠹书客，牙签缃帙费年华。

明照坊对雨

章台车马去如流，白雨霏烟拂画楼。九陌平铺明似练，两沟急泻碧于油。美人虹见西山霁，少女风来北里秋。凉意满襟帘幕卷，宫鸦归树夕阳收。

春莫双清亭小酌怀张孟幼

吏退公庭雁鹜行，持杯暂对水云乡。山开罨画涵晴影，花落烟肢漾晚香。酒帜隔津标柳陌，渔舟避浪向蒲塘。怀人不得同相赏，空赋《停云》第二章。

予以延祐元年从先兄正献公入汴，始识彦辉吴征君。是岁，故中丞马公伯庸，今翰林学士谢公敬德，国子博士王君师鲁，乡贡河南行省。迄今二十五年。予再以按行至汴，居监察行院，去征君所居仅半里，犹以公事未毕，尚迟于请见。时马公亦薨，谢、王在馆阁，感念存殁，赋唐律一首，先遣持遗征君正之。至元四年戊寅。

二十年前入汴州，梵王仙馆涉春秋。家家庭院森湖玉，处处帘栊映海榴。金马石渠伤远别，丘山华屋动新愁。谁怜闭著车中妇？犹望元龙百尺楼。

王士熙

送巨德新

渭城秋水泛红莲，《白雪》梁园作赋年。金马朝回门似水，碧鸡人去路如天。扬雄宅古平芜雨，诸葛祠空老树烟。小队出游春色里，满蹊花朵正娟娟。

骊山宫图

翠岭含烟晓仗催，五家车骑入朝来。千峰云散歌楼合，十月霜晴浴殿开。烽火高台留草树，荔支长路入尘埃。月中人去青山在，始信昆明有劫灰。

雅 琥

留别凯烈彦卿学士

十年帝里共鸣珂，别后悲欢事几多。汗竹有编归太史，雨花无迹染维摩。湘江夜雨生青草，淮海秋风起白波。明日扁舟又南去，天涯相望意如何？

成廷珪

送谢芝甫赴山南宪

谢庭子弟多佳士，荆国山川总胜游。万里捧书催入幕，一朝挝鼓发行舟。玄猿啼处巴江夜，白雁来时楚甸秋。襄汉风流千古意，为君长忆仲宣楼。

夏日过万蓬庵

爱汝东庵暑气薄，解衣盘礴坐莓苔。一林绿竹尽可数，五月白莲犹未开。捉尘谈禅知独往，买鱼沽酒待重来。沧江日落山更好，且放轻舟缓缓回。

送智惠隐住水月禅院

放船直到栖禅处，万顷湖心一径开。绿树鸟惊风落果，碧潭龙去水生苔。西岩尊宿传灯在，东海高僧杖锡来。今夜月明清似水，太空无地著纤埃。

黄清老

天运不已，岁时又春，学已可乎!
作自勉诗呈李初教授诸公

东风一笑可人心，旋沥新醅对客斟。山色未匀春意浅，梅花已老白云深。半轩依竹闲听雨，千里怀人欲抱琴。试问樵溪隔年意，碧波东注渺难寻。

丁　复

九月一日游昭亭_{在宣州}

山色江光带近郊，道旁杨柳舞寒条。半生九日黄花酒，多在西风白下桥。千里客游仍暮景，异乡人事又今朝。老来未遣登临懒，尽醉东家绿玉瓢。

韩　性

阳明洞

日日携壶坐钓矶，眼看门外软红飞。已无游骑寻芳事，却访幽人入翠微。石磴欲青春雨足，酒炉初冷絮花稀。悠然自解登临意，十里香风一棹归。

郯　韶

郑蒙泉炼师子午谷图

子真今住子午谷，乃在蛟门西复西。绕屋长松落晴雪，倚天绝壁立丹梯。春回大壑三芝秀，月满空山一鹤栖。归去看图望瀛海，定应沐发候天鸡。

122

题渔家壁

漫郎家住黄泗浦，闲看飞花坐北窗。渡口青山高似屋，门前潮水直通江。垂杨系艇已千尺，春鲤上盘才一双。野老相过无一事，白头喜对酒盈缸。

刘永之

题邹惟中西楼

西楼远对鼎山斜，野客来寻驾鹿车。竹屿暝烟浮翠黛，石田秋雨润银沙。清尊未酌心先醉，往事重论鬓欲华。肯借溪南三亩宅，从君学种邵平瓜。

谢应芳

赠庆别驾

台州别驾不之官，烟水孤村共岁寒。偶有浊醪留晚酌，旋挑生菜簇春盘。三年邻里通家好，四海兵戈行路难。且喜门前金色柳，东风堪作画图看。

怀詹伯远

蝌蚪残书补未全，斋居一榻坐来穿。杨花绕屋白如雪，溪水出湖青接天。冠盖不来骑马客，鸥凫长傍钓鱼船。多时欲问平安

123

信，伏日题诗寄竹边。

朱希晦

和韵简天则上人

凉风袅袅晚秋天，潮落双门缆客船。<small>永嘉郡城北有二门，郭璞所以立名双门。</small>九陌黄尘蓬鬓底，一篱香露菊花边。故乡鲈鲙牵归思，近砌蛩声搅夜眠。不道分携成远别，几时林下细谈禅？

麻　革

晚步张鞏田间

地入荒芜过客稀，村深门巷莫山围。悠悠独鸟穿云下，策策寒乌掠日飞。人事百年梧叶老，秋风万里稻花肥。兵尘河朔迷归路，惆怅平沙送夕晖。

杨云鹏

登濮州北城

层城高绝一攀跻，岁杪临风客思凄。烧入马陵秋草黑，雁横雪泽莫天低。陈台事往人何在？曹国川遥望欲迷。牢落壮怀谁与语？疏林残照乱鸦啼。

陈 普

鼓 瑟

满楼明月调云和，五十弦中急雨过。彩凤拂衣鸣翠竹，素鳞鼓鬣出寒波。凄凉楚客新愁断，清切湘灵旧怨多。一曲更沉人已静，江头云挂绿嵯峨。

郭麟孙

三月三日重游虎丘

细雨霏霏不湿衣，山前山后乱莺飞。过桥春色绯桃树，临水人家白板扉。此地酒帘邀我醉，隔船箫鼓送人归。清游恐尽今朝乐，回首阊门又夕晖。

柯九思

送赵虚一还金陵书虞翰林诗后

词臣通籍侍金闺，天语从容问归蹊。云外山高龙虎踞，人间松老凤凰栖。翰林拟诏当红药，道士疏封出紫泥。更赐金钱祠泰畤，寥阳前殿丽璇题。

虞翰林诗序曰：天历二年三月二十五日，集侍立延阁。上顾问集："尝至金陵不？"集谨对曰："尝到。"又曰："冶亭是汝所题，往年八九至其处，新松当长茂矣。"集谨对曰："是未种松时到也。"近臣奏言："道士赵虚一所种也。"上曰："然，已升观为宫，汝知之乎？"集谨对曰："臣奉敕题榜赐之矣。"是日归，虚一来别，归江南，即告以圣上不忘冶亭之意。又三日，吴大宗师持卷来索诗赠行，因录所得如上云。诗曰：春明昼侍奎章阁，圣上从容问冶亭。为报仙都赵真士，新松好护万年青。

送程鹏翼赴山东运司经历

齐人富国书犹在，煮海为盐属县官。千灶飘烟云树湿，万盘凝雪浪花干。西曹儒雅声华旧，东郡司存礼数宽。谈笑云霞公事了，大明湖上凭阑干。

李　裕

送赵鹏举之西台掾

掾曹骑马赴西台，迢递关河几日回？秋草自随人去远，夕阳长共雁飞来。乱云荒驿迷秦树，落叶残碑有汉苔。最忆年年寒食节，华筵谁向曲江开？

吴　讷

宿承天观用杨廉夫韵

承天观里开图画，吴越山河一览中。半夜月明湖水白，五更日出海门红。彩船春晚笙歌歇，粉堞风高鼓角雄。十二阑干都倚遍，归心飞过大江东。

方 行

送贾彦临训导霍丘

中都会面得从容，两载同听长乐钟。天近君门严虎豹，地宽人海混鱼龙。承恩自合归宣室，论道安能老辟雍？江柳春花增别恨，白头何日更相逢？

潘 纯

题岳武穆王坟二首

海门寒日澹无晖，偃月堂深昼漏稀。万灶貔貅江上老，两宫环珮梦中归。内园羯鼓催花发，小殿珠帘看雪飞。不道帐前胡旋舞，有人行酒著青衣。

湖水春来自绿波，空林人迹少经过。夜寒石马嘶风雨，日落山精泣薜萝。江左长城真自坏，邺中明月竟谁歌？惟余满地苌弘血，草色年深碧更多。

周 砥

芝云堂

芝云主人绝萧散，燕坐草堂门不扃。古鼎隔帘香袅袅，新篁拂几玉亭亭。十年苦思耽诗卷，三日清斋写道经。邀我醉眠书画舫，月明吹笛看云汀。

周　棐

送曹广文赋得富览亭

危亭突兀斗城阴，风物苍茫入望沉。万古东南多壮观，百年豪杰几登临。夜中日出扶桑近，天外江流滟滪深。好趁归帆拂天姥，共凭寥廓寄微吟。

西津夜泊

孤帆夜落石桥西，桥外青山入会稽。卧听海潮吹地转，起看江月向人低。一春衰谢怜皮骨，万国艰虞厌鼓鼙。何处客船歌《水调》，令人归思益凄迷。

许　恕

次承文焕黄山醉归诗韵

黄山之南江水西，麦秋天气野阴低。隔溪雨过催花落，绕屋云归伴鹤栖。涤荡新愁烦浊酒，扶持残醉有枯藜。寄来妙句能相忆，那得樽前手共携？

题潘氏画壁

浮空积雪拥千鬟，山崦人家俯碧湾。飞阁卷帘高鸟外，夕阳流水古松间。岂无隐者携家入？亦有仙翁采药还。借我高眠萝屋里，月明风静听潺湲。

陆 仁

题金陵

丽正门当天阙高，景阳台下草萧萧。江围大地蟠三楚，石偃孤城见六朝。落日不将遗恨去，秋风能使旅魂消。忘情只有龙河柳，烟雨年年换旧条。

卷七　五言排律

马祖常

寄舒真人

金阙来华盖，琳坛集羽衣。石因钟乳腻，松为茯苓肥。剂墨香翻杵，修琴玉布徽。天低临象纬，日近逼光辉。竹里开长径，池边蔽小扉。红迷霞绮错，绿涨水环围。仙杏葩凝赤，蟠桃萼剪绯。龙来还独宿，鹤去更知归。割蜜蜂先避，衔书凤自飞。祠雷陈古磬，符鬼掣灵旗。丹井泉偏冽，铜盘露未晞。俗人那得识，诗客尽相依。伊我逢休浣，从兹咏浴沂。凭师消鄙吝，犹可采山薇。

送华山隐之宗阳宫

江阁鱼龙近，山房雾雨多。地清天不暑，池曲水无波。笋箨迎书带，樱桃送锦窠。呦呦呼伴鹿，嗳嗳换经鹅。养素行编屦，乘闲坐织蓑。几篇餐玉法，一帙醮星科。香炀沉银叶，衣裾佩紫荷。丹光留海月，绛景出松萝。醉忆泉浮乳，幽怜石烂柯。神君攀绿桂，天女踏青莎。邀客登山顶，寻真入涧阿。洞箫吹道曲，云纸写鱼歌。予发今如此，君心可奈何？高谈见明月，为我问娑罗。

杨　载

春晚喜晴

积雨俄经月，新晴始见春。苍苔侵别墅，绿水过比邻。性僻居宜远，身闲景易亲。无诗排世累，有酒纵天真。循圃花粘履，凭阑柳拂巾。歌呼从稚子，谈笑或嘉宾。渐喜渔樵狎，仍欣鸟雀驯。幽情延薄莫，浩思集清晨。养拙元非病，为文敢自珍。杜门缘底事，作计懒随人。

宋　元

答无住和太初韵见寄

宝地人来少，柽阴自晚晴。片云依石润，孤磬出花清。竹笕分泉细，檀烟上氎轻。勒铭留水寺，应供宿江城。适楚涛喧定，归吴雪滞行。雨苔粘冻屐，廊叶覆闲枰。琴为蛇纹买，书因鸟迹评。眼高无佛祖，诗癖有山兄。句妙唐风在，心空汉月明。昼禅休树影，夜梵杂松声。夏减游方兴，秋添住岳情。何时修白业，去结懒残盟。

陈　旅

陪赵公子游蒋山即席次李五峰韵

弭棹丹阳郭，鸣鞭白下山。晴原烟翳翳，幽树鸟关关。石液玻璃碧，云根玛瑙殷。佛岩开细菊，僧径入从菅。雨洗川容净，潮随野色还。六朝有遗事，尽在夕阳间。

周伯琦

八月六日丁亥释奠孔子庙三十韵

阙里宣尼宅，儒林礼乐区。右文昭代盛，报德圣恩殊。天语颁中禁，星轺发上都。内廷香绕案，光禄酒浮壶。持节惭专对，于原慎载驱。秋阳稀稼穑，昼路足槐榆。历历由沂汶，行行望泗洙。岱宗标近甸，鲁殿没荒芜。不见三家采，唯余五父衢。祀严柔日逼，林近绝晨趋。废堁依修阜，危台记舞雩。庙宫参象纬，书阁压城闱。反宇周阿峻，回廊百步纡。蛟鳞蟠玉柱，螭首响金铺。庭迥桧千尺，坛虚杏数株。省牲新雨霁，释奠旧章敷。辟户陈笾俎，登歌应瑟竽。尊居玄圣俨，侑食列贤俱。兴俯锵珩佩，周旋谨履绚。裸将宸意达，祝告下诚孚。明燎辉云陛，祥熏集宝炉。共观周典礼，宁数汉规摹。似续于今盛，钦崇自古无。缭垣隆象魏，穹石峙龟趺。孤阁青编贮，双亭翠竹扶。山川光拱揖，泉井泽沾濡。推本尊师道，题名述庙谟。伫看戈束帛，岂复叹乘桴？制作先东鲁，朝廷用大儒。愚生深有幸，归上孔林图。

王 逢

题马洲书院并序

马洲书院者，孔圣五十二代孙元虞昆季所建也。其五世祖若罕，高抗不群，长于《春秋》。当宋南渡，自阙里将之衢，留滞泰兴。见河流达南江，询之老人，曰："此龙开河也，西北通淮泗。"因叹曰："吾洙泗龙泉之支流，其在兹乎！"遂筑室河上，与其子端志，各授弟子业。从游日众，乃有菑田百亩，人助以力，官复其税。戒子孙治生勿求富，读书勿求荣。邑大夫嘉之，易名龙开河曰敩教，示崇化也。年六十卒。葬河之阳。端志克守父道，荐辟不就。淳祐元年冬，邑毁于北兵，元虞辟地是洲。咸淳间，书院落成，教授复如初。然皆无后。今崇圣寺旁，惟破屋蔓草，遗像瓦炉而已。逢惧变迁殆尽，故叙其概于壁间，庶后之起废者得以考焉。诗曰：

蝌蚪秦皆废，灵光鲁独存。豆笾漂海国，丹腹暗淮村。苔藓花侵础，蒲芦叶拥门。青春深雾潦，白日老乾坤。德化三王并，威仪百代尊。郊麟初隐遁，野兕遂崩奔。先辈俱冥漠，诸生罢讲论。断编尘树冷，遗像网虫昏。尽变衣冠俗，终归礼义源。江南游学士，瞻拜敢忘言。

陈 孚

翰苑荐为应奉文字二十韵谢大司徒并呈诸学士

天上金銮客，人间第一流。赟为唐内相，禹拜汉元侯。鲲海三千水，龟峰十二楼。月寒红烛夜，风淡紫薇秋。凤诰窥姚姒，麟编振鲁邹。佩随宫漏远，衣染御烟浮。淑气腾金碧，祥光射斗牛。焜煌青琐闼，缥缈紫霞洲。玛瑙濡尧瓮，珊瑚耀汉钩。驼蹄中禁釜，豹尾上方驹。仆本师黄卷，生惟伴白鸥。亲庭双鹤发，家事一渔舟。偶预天官选，来为帝里游。绿章蒙独荐，青史许同修。故郡惊王勃，新丰异马周。队随鱼圉圉，角喜鹿呦呦。势似飞三凤，功如挽万牛。桑榆终有望，蒭菲未为愁。国士恩难报，书生志易酬。誓坚冰雪操，正色赞皇猷。

傅若金

奉送达兼善御史赴河南宪佥十二韵

圣治尊儒术，贤才翼帝躬。立朝防触豸，行路避乘骢。复道河南去，先愁冀北空。激扬元自任，出处岂谋同？地绝看持节，天长惜转蓬。绣衣今日把，尺素几时通？别酒花开里，征帆木落中。蓟门县夜月，梁苑度秋风。古县藤萝碧，霜林果蓏红。咨询行每遍，闲暇赋能工。白日明高岳，黄河绕故宫。登临兴何限，题寄北飞鸿。

登岳阳楼

驰传自青天，凭高忆往年。阑干映水迥，埤堄与云连。江合
沅湘大，山侵楚蜀偏。蜃郎通别井，龙女宅重渊。日月鸿蒙里，
风沙浩荡前。骊珠秋后冷，犀火夜深燃。张乐犹疑奏，乘槎欲并
仙。登临停去骑，宠饯惜离筵。地气南交接，天文北极县。赋惭
王粲作，诗拟杜陵传。渺渺衡阳雁，迢迢浪泊鸢。早春回汉节，
应得泛湖船。

雅　琥

上执政四十韵

圣主飞龙日，求贤似拾珍。典谟皆故老，登用必元臣。日月
当黄道，风云拥紫宸。华封归帝力，寿域囿吾民。旭旭时将旦，
熙熙物自春。唐虞风未远，邹鲁俗还淳。往者三灵坠，扶持赖有
人。斩鲸清海沸，炼石补天迍。工鲧趋刑辟，皋夔起隐沦。明公
辞政久，首诏趣装频。渴慰苍生望，饥怜赤子贫。朝阳先睹凤，
春历正书麟。总代天成化，俱为政入神。五朝居辅弼，三世掌经
纶。皇眷恩波阔，玄功德泽均。房谋兼杜断，萧律继曹遵。历法
羲经秘，书文颉篆新。山河由秉笔，社稷在垂绅。众水宗南渤，
诸星拱北辰。济为舟楫重，任托股肱亲。玉烛调元气，金枢运大
钧。都俞闻密赞，谏论喜重陈。声教流沙外，讴歌碣石滨。乌台
分绣斧，凤诏继华茵。练达时无匹，公忠世绝伦。栋梁支大厦，
柱石表重闉。天下皆桃李，人间静棘榛。中台方正席，东阁又延

宾。有客怀吾道，无媒致此身。穷经甘寂寞，抱拙忍酸辛。虎榜明前列，鹓墀接后尘。郎潜嗟咄咄，吏隐叹逡逡。十口长为旅，三年屡卜邻。稻粱犹不足，抱负岂能伸？养母留甘旨，居官守海谆。正言期董贾，枉道耻仪秦。草芥难终弃，刍荛尚可询。修涂多骏足，洿辙有潜鳞。未遂风云信，犹沾雨露仁。天瓢能一滴，只尺是通津。

李　裕

次宋编修显夫南陌诗四十韵

丽质过邯郸，春风直几钱？送情怜眼艳，凝伫觉身偏。霞淡斜侵雁，云轻巧衬蝉。芳金摇翠勒，暖玉藉绒鞯。脸媚风初信，眉弯月未弦。绿深芳草雨，红绽碧桃天。却扇羞花落，褰裳炉酒翻。关心时浅笑，忆别自微言。绦脱浓香暖，巾缨腻粉斑。幽期只窨约，私语每防闲。田木须连理，吴梅易引涎。襦长腰并柳，袜小步移莲。枕障熏沉水，屏围画远山。体轻嫌蔽膝，指嫩莹弢环。怅荡元非醉，朦腾不为眠。绣盘花猗傩，锦就字洄联。锁合沉鱼夕，筝闲少雁寒。美人何杳杳，良夜独漫漫。乍见都疑梦，相逢信契仙。怜才多婉娩，倚态转翩妍。璧月红窗外，银河碧树边。幔轻云影动，帘静浪纹悬。裙薄绡长皱，裯重锦未蔫。妆台宜向日，舞袖欲随烟。鸡舌遥闻韵，猩唇厌授餐。深衣留唾碧，系帛表心丹。只忆愁肠断，宁知别绪牵。宝钗分凤翼，钿合寄龙团。红豆膏凝簏，文鹓绣作繁。凄迷千日酒，惆怅五云轩。楚女窥墙日，文园病渴年。合欢连组带，解佩杂芳荃。缨断风前烛，香偷别后筵。额黄红粉淡，泪颗绀珠鲜。苔迹和尘印，花阴带露穿。时时伤往事，故故寄新篇。人去愁千叠，心伤恨万端。蝶晴随絮远，莺晓怨春残。梦好心多感，情深意已传。蘼芜空满地，欲赠思依然。

卷八　五言绝

元好问

山居杂诗

瘦竹藤斜挂，丛花草乱生。林高风有态，苔滑水无声。
树合秋声满，村荒莫景闲。虹收仍白雨，云动忽青山。
川迥枫林散，山深竹港幽。疏烟沉去鸟，落日送归牛。
鹭影兼秋静，蝉声带晚凉。陂长留积水，川阔尽斜阳。

牟　巘

溪边钓船

莫出前溪去，随宜下钓钩。风波苦不恶，鲈鳜满船头。

揭傒斯

和欧阳南阳月夜思

月出照中园，邻家犹未眠。不嫌风露冷，看到树阴圆。

萨都剌

过高出射阳湖

飘萧树梢风，淅沥湖上雨。不见打鱼人，菰蒲雁相语。
秋风吹白波，秋雨鸣败荷。平湖三十里，过客感秋多。

龚璛

泊　舟

小舟寻夜泊，明月散风澜。故人相别处，双鹭立前滩。

高克恭

种笔亭题画

积雨暗林屋，晚峰晴露巅。扁舟入蘋渚，浮动一溪烟。

郭　翼

阳春曲

柳色青堪把，樱花雪未干。宫中裁白苎，犹怯剪刀寒。

卷九　七言绝

元好问

杏花杂诗

杏花墙外一枝横，半面宫妆出晓晴。看尽春风不回首，宝儿元自太憨生。

袅袅纤条映酒船，绿娇红小不胜怜。长年自笑情缘在，犹要春风慰眼前。

杨　柳

杨柳青青沟水流，莺儿调舌弄娇柔。桃花记得题诗客，斜倚春风笑不休。

榆社硖口村早发

瘦马长途懒着鞭，客怀牢落五更天。几时不属鸡声管，睡彻东窗日影偏。

同儿辈赋未开海棠二首

翠叶轻笼豆颗匀，胭脂浓抹蜡痕新。殷勤留著花梢露，滴下生红可惜春。

枝间新绿一重重，小蕾深藏数点红。爱惜芳心莫轻吐，且教桃李闹春风。

李俊民

过云台

夜半风吹雾色开，晓来残月过云台。连山断处瞰平野，一线黄流掌上来。

雨 后

春空霭霭莫云低，飞过山前雨一犁。明日却寻归去路，马蹄犹踏落花泥。

刘 因

下 山

翠霞腾晕紫成堆，收尽云烟酒一杯。想见浮岚在眉宇，人人知道看山回。

方 回

春晚杂兴

芳草茸茸没屦深，清和天气润园林。霏微小雨初晴处，暗数青梅立树阴。

黄 庚

江 村

极目江天一望赊，寒烟漠漠日西斜。十分春色无人管，半属芦花半蓼花。

耶律楚材

过济源登裴公亭用闲闲老人韵

山接青霄水浸空，山光滟滟水溶溶。风回一镜揉蓝浅，雨过千峰泼黛浓。

刘秉忠

溪 上

芦花远映钓舟行，渔笛时闻三两声。一阵西风吹雨散，夕阳还在水边明。

城西游

昨朝信马凤城西，鞭约垂杨过小堤。春色满园花胜锦，黄鹂只拣好枝啼。

许 衡

宿卓水

寒釭挑尽火重生，竹有清声月自明。一夜客窗眠不稳，却听山犬吠柴荆。

元 淮

春 闺

杏花零落燕泥香，闲立东风看夕阳。倒把凤翘搔鬓影，一双蝴蝶过东墙。

赵孟頫

绝　句

春寒恻恻掩重门，金鸭香残火尚温。燕子不来花又落，一庭风雨自黄昏。

东　城

野店桃花红粉姿，陌头杨柳绿烟丝。不因送客东城去，过却春光总不知。

赵　雍

莫　春

绿阴庭院碧窗纱，半卷珠帘映晚霞。芳草萋萋春寂寂，东风吹堕落残花。

初秋夜坐

月明如水侵衣湿，台榭沉沉秋夜长。坐久高僧禅语罢，淡然相对玉簪香。

袁 桷

晚访仲章不遇

小院春浓落照闲，碧篁相对乳禽还。晚风阵歇游丝尽，留得归云在屋山。

许有壬

琳宫词次安南王韵

凉入帘帏夜色轻，瑶台添月更虚明。一壶天地浑无迹，只有清风动竹声。

杨 载

宿浚仪公湖亭

两两三三白鸟飞，背人斜去落渔矶。雨余不遣浓云散，犹向前山拥翠微。

范　梈

游南台闽粤王庙

海角钓龙人杳杳，云间待雁路迢迢。若为借得山头石，每到
高秋坐看潮。

上元日

蓬莱宫阙峙青天，后内看灯记往年。谁念东篱山下路？再逢
春月向人圆。

欧阳系

京城杂咏

奉诏修书白玉堂，朝朝骑马傍宫墙。闸河东畔垂杨柳，时有
莺声似故乡。

萨都剌

赠弹筝者

银甲弹冰五十弦，海门风急雁行偏。故人情怨知多少？扬子

江头月满船。

秋夜闻笛

何人吹笛秋风外，北固山前月色寒。亦有江南未归客，徘徊终夜倚阑干。

道过赞善庵

夕阳欲下少行人，绿遍苔茵路不分。修竹万竿松影乱，山风吹作满窗云。

宋　无

山　中

半岭松声樵客分，一溪春草鹿成群。采芝人入翠微去，丹灶石坛空白云。

春　归

酿蜜筒香蜂报衙，杏梁泥歇燕成家。浮萍断送春归去，尽向东流载落花。

周　权

渔　翁

转棹收缗日未西，短篷斜阁断沙低。卖鱼买酒归来晚，风飐芦花雪满溪。

晚　渡

离离野树绿生烟，灼灼山花烂欲然。酤酒人归春渡寂，柳根闲系夕阳船。

朱德润

沙湖晚归

山野低回落雁斜，炊烟茅屋起平沙。橹声归去浪痕浅，摇动一滩红蓼花。

洪希文

幽　居

投老安闲世味疏，深深水竹葺幽居。床头昨夜风吹落，多是经年未报书。

王　翰

题败荷

曾向西湖载酒归，香风十里弄晴晖。芳菲今日凋零尽，却送秋声到客衣。

郑元祐

寄金山普衲

金鳌背上郁蓝天，长有神龙卫法筵。午夜江声推月上，浪花如雪寺门前。

倪　瓒

六月五日偶成

坐看青苔欲上衣，一池春水蔼余辉。荒村尽日无车马，时有残云伴鹤归。

顾 瑛

泊垂虹桥口占

三江之水太湖东，激浪轻舟疾若风。白鸟群飞烟树末，青山都在雪花中。

发阊门

阊门西去是阳关，叠叠秋风叠叠山。便是早春相别处，如今杨柳不堪攀。（今春送于外史归越上。）

陈 孚

博浪沙

一击车中胆气豪，祖龙社稷已惊摇。如何十二金人外，犹有民间铁未销。

高克恭

过信州

二千里地佳山水，无数海棠官道傍。风送落红揽马过，春风更比路人忙。

郭天锡

宿焦山上方

扬子江头风浪平，焦山寺里晚钟鸣。炉烟已断灯花落，唤起山僧看月明。

傅若金

回雁峰

江上青峰宿雨开，江头归使日南来。登高欲访平安字，二月衡阳雁已回。

王士熙

李宫人琵琶引

琼花春岛百花香，太液池边夜色凉。一曲《六么》天上谱，君王曾进紫霞觞。

龙柱雕犀锦面妆，春风一抹彩丝长。新声不用黄金拨，玉指萧萧弄晚凉。

鸾舆五月幸龙冈，宣唤新声促晓妆。拨断冰弦秋满眼，塞天云碧草茫茫。

越罗蜀锦旧衣裳，赢得旁人识赐香。莫对琵琶思往事，声声弹出断人肠。

吴　镇

画　竹

长忆前朝李蓟丘，墨君天下擅风流。百年遗迹留人世，写破湘潭梦里秋。

黄公望

题　画

茂林石磴小亭边，遥望云山隔淡烟。却忆旧游何处是？翠蛟亭下看流泉。

黄清老

海子上有期

金堤晴日共鸣镳，倾盖松阴待早朝。数尽荷花数荷叶，碧云移过水东桥。

王 冕

梅 花

三月东风吹雪消，湖南山色翠如浇。一声羌管无人见，无数梅花落野桥。

郯 韶

次韵陆友仁吴中览古

赤阑桥下记停桡，细雨菰蒲响莫潮。说与行人莫回首，故宫烟柳正萧萧。

贡性之

暮春二首

吴娃二八正娇容，斗草寻花趁暖风。日暮归来春困重，秋千间在月明中。

惜花公子爱春晴，骏马骄嘶晓出城。半醉归来人共看，笑将金弹打流莺。

题 菜

西风吹动锦斓斑，晓起窥园露未干。三月宿醒醒不得，正思风味到辛盘。

涌金门见柳

涌金门外柳垂金，三日不来成绿阴。折取一枝入城去，使人知道已春深。

朱希晦

寄 友

雨过溪头鸟篆沙，溪山深处野人家。门前桃李都飞尽，又见春光到楝花。

曹之谦

秋 夜

寂寂江城夜向阑，西风吹雁叫云端。一声远过南楼去，月满碧天秋水寒。

周　驰

和郭安道治书韵

西风吹起白头波，半夜扁舟掠岸过。不向长桥沾一醉，满天明月奈秋何！

缪　鉴

咏　鹤

青山修竹矮篱笆，仿佛林泉隐者家。酷爱绿窗风日美，鹤梳轻毳乱杨花。

柯九思

退直赠月

西华门外玉骢骄，新赐罗衣退晚朝。绣枕魂清疏雨暮，海棠银烛度春宵。

彭 炳

小 桥

落花如雪马蹄香，几树黄鹂欲断肠。行到小桥春影碧，一沟晴水浸垂杨。

汪泽民

次友人春日见寄韵

清景行行一径苔，兰樽特为晚春开。绿阴青紫犹堪赏，昨日游人自不来。

陈秀民

寄绍兴吕左丞

后来江左英贤传，又是淮西保相家。见说锦袍酣战罢，不惊越女采荷花。（按《辍耕录》云：张氏据有平江，部将吕珍守越，参军陈庶子、饶介之在左右。一日陈赋此诗，饶染翰题扇以寄吕，词翰双绝。吕倩人诵罢，大怒曰："我为主人血战守封疆，岂爱一女子，不忍惊乎？见则必杀之。"）

高　明

暮春即事

杨柳楼前白鼻骓，金鞍被了唤名娃。重帘深处无风雨，肯信春寒瘦杏花。

周　砥

经杜樊川水榭故基

落花风里酒旗摇，水榭无人春寂寥。何许长亭七十五，野莺烟树绿迢迢。

补　遗

五言古

赵孟頫

庆寿僧舍即事

白雨映青松，萧飒洒朱阁。稍觉暑气销，微凉度疏箔。客居秋寺古，心迹俱寂寞。夕虫鸣阶砌，孤萤炯丛薄。展转怀故乡，时闻风鸣铎。

范　梈

明月几回满

明月几回满，待君君未归。中庭步芳草，蝴蝶上人衣。谁念同袍者？闲居与愿违。

揭傒斯

寄题冯掾东皋园亭

时雨散繁绿，绪风满平原。兴言慕君子，退食在丘园。出应当世务，入咏幽人言。池流淡无声，畦蔬蔚葱芊。高林丽阳景，群山若浮烟。好鸟应候鸣，新音和且闲。时与文士俱，逍遥农圃春。理远自知简，情忘可避喧。庶云保贞和，岁暮委周旋。

黄　溍

西岘峰

层云抱春城，急濑泄嵌窦。修蹊入窈窕，众绿郁以茂。名亭标水乐，折柱荒碑仆。幽寻得缁庐，乱石扶结构。青精午堪饭，碧涧寒可漱。平生慕真赏，及此成邂逅。冥探指顶绝，有路忽通透。缘萝度蒙密，翠气湿衣袖。寄身沆瀣内，下睨人寰陋。清讴杂风竹，大啸落岩狖。东峰在眉睫，可望不可就。同游却何时？瑶草春已秀。

夜兴

秋气入病骨，残梦倏然惊。芭蕉叶间露，风过皆成声。揽衣沉寥内，搔首天河横。饥虫语不休，中宵谁汝令？孤鸿亦何苦，犯霜度微明。悠悠念群动，百感忽我并。大化倘不尔，吾其免营营。

李老谷

缘崖一径微，入谷双崦窄。密林日易昏，况乃云雨积。行人望烟火，客舍依山色。家僮为张灯，野老烦避席。未觉风俗殊，只惊关河隔。严程不可缓，子规勿劝客。

赤 城

鸡鸣秣吾马，晚饭山中行。何以慰旅怀，赤城有嘉名。滩长石齿齿，树细风泠泠。时见岩壁间，粲若丹砂明。温泉发其阳，扨诃勤百灵。前峰指金阁，真境标殊庭。白道人迹稀，青崖云气生。信美无少留，缅焉起深情。

担子洼

自从始出关，数日走崖谷。迢迢度偏岭，险尽得平陆。陂陀皆土山，高下纷起伏。连天暗丰草，不复见林木。行人烟际来，牛羊雨中牧。飒然衣裳单，咫尺异寒燠。伫立方有怀，相逢仍问俗。畏途宜疾驱，更傍滦河宿。

题清华亭

名区汇修渚，流望依平陆。飞雨天际来，远峰净如沐。生香余晚花，繁阴蔼嘉木。秀色坐可揽，终然不盈掬。触景幽兴多，接物道机熟。谁能与之游，食芳饮山渌。

晓行湖上

晓行重湖上，旭日青林半。雾露寒未除，凫鹥静初散。夤缘际余景，闪倏多遗玩。会心乍有得，抚己还成叹。夙予丹霞约，久兹芳洲畔。独往愿易违，离居岁方换。沙暄芷芽动，春远川华乱。存期乃寂寞，取适岂烂漫。小隐倘见招，渔樵共昏旦。

柳　贯

袁伯长侍讲，伯生、伯庸二待制，同赴北都却还，夜宿联句，归以示予，次韵效体，发三贤一笑

杜诗诧蜀险，高有石柜阁。安知居庸口，可掠太白脚。马行已崇颠，鸟度尚层塆。林蹊旷迷辙，崖井荒留幕。俯疑日沈车，阒若风鼓橐。元云倏扬旟，朱霞粲涂鞾。数驿程匪赊，袭袭寒更薄。客魂逢酒消，鬼胆因诗愕。蟠木将为容，胡绳未宜索。严召戒晨趋，澄旻际秋廓。紫薇晶焕烂，瀚海气冥漠。腰无两鞬属，道有五丁凿。弭辔谁所援，还衡犹屡错。小息树吟旌，争先厉词锷。非开石道筵，似听郾城柝。巨敌无前勍，偏师当后却。

贡师泰

秋夜和韩与玉

斋居在城西，庭户颇幽敞。凉风起高树，落叶时时响。境静人少来，理悟心自赏。方忻结同盟，慎勿成独往。

迺　贤

李老谷

高秋远行迈，入谷云气暝。稍稍微雨来，渐怯衣裳冷。萦纡青崦窄，杳霭烟竹迥。峰回稍开豁，夕阳散微影。霜叶落秋涧，寒花媚秋岭。穷途见土屋，人烟杂墟井。平生爱山癖，愒此惬幽静。月落闻子规，怀归心耿耿。

周　权

溪之滨

小雨净川绿，玩心鸥鸟群。拂藓憩幽磴，松花点衣巾。禅扃杳何处，疏磬时远闻。青烟湿山道，牛羊下斜曛。

余 阙

秋兴亭

涉江登危榭，引望二川流。双城共临水，两岸起飞楼。汉渚深初绿，江皋迥易秋。金风扬素浪，丹霞丽彩舟。登高及佳日，能赋命良俦。御者奉旨酒，庖人供膳羞。一为山水媚，能令车骑留。为语同怀者，有暇即来游。

安庆郡庠后亭宴董佥事

鲸鲵起襄汉，郡邑尽烧残。兹城独完好，使者一开颜。省风降文囿，弭节遵曲干。双池夹行径，累榭在云间。天净群峰出，地迥苍江环。霞生射蛟台，雁没逢龙山。开樽华堂上，命酌俯危阑。主人送瑶爵，但云嘉会难。岂为杯酒欢，乐此罢民安。魄渊无恒彩，清川有急澜。明晨起骖服，相望阻重关。

郑 祐

送友还乡

堕地作儿女，有用及须早。当年悬弧意，焉得乡曲老？青云一蹉跎，鬓发日已皓。常恐归去迟，心焉愁如捣。我家东吴城，翠竹森若葆。力耕输王税，妻子亦温饱。诗成每独咏，觞至或共

164

倒。富贵将焉如，岁晏聊自保。萧萧风前柳，贸贸霜下草。有官固当归，无官归亦好。

郭麟孙

游虎丘

海峰何从来？平地涌高岭。去城不七里，幻此幽绝境。芳游坐迟暮，无物惜余景。树暗云岩深，花落春寺静。野草时有香，风絮淡无影。山行纷游人，金翠竞驰聘。朝来有爽气，此意独谁领？我来极登览，妙灵应自省。遥看青数尖，俯视绿万顷。逃禅问点石，试茗汲憨井。意行忘步滑，野坐怯衣冷。聊为无事饮，颇觉清昼永。藉草方醉眠，松风忽吹醒。

卢 挚

行农洛西题王居仁山堂春晓

幽人持所见，旷然捐世故。岂薄轩冕荣，正有林壑趣。兴居惟自适，早晏常暇豫。芳草泽气春，鸟鸣岚光曙。岩花抗韶容，溪云淡吾虑。图史敦夙好，朋游非外慕。相邀具鸡黍，笑言在农务。我来忝符竹，行田课耕助。抚卷怀清风，长吟山郭慕。

柯九思

送林彦清归永嘉

雁荡接银汉，翠涌生高寒。芙容散秋锦，飞落秋云端。我昔造绝顶，天阔路漫漫。遥瞻广寒殿，素娥正凭阑。白兔捣月魄，指顾成神丹。因招宋成公，吹箫乘紫鸾。俯视九万里，元气青团团。别来知几时？弱水如平滩。忽遇雁山客，霞佩青莲冠。还入雁山去，玉髓供晨餐。报我旧游者，久待凌烟峦。吾患为有身，南望空长叹。

高　明

宿先公房晓起偶成

晓雨池上来，微风动寒绿。幽人睡初起，开窗见修竹。西山带曾云，隐隐出林木。境寂尘自空，虑淡趣常足。独坐无晤言，流泉下深谷。

赋幽悰斋

闭门春草长，荒庭积雨余。青苔无人扫，永日谢轩车。清风忽南来，吹堕几上书。梦觉闻啼鸟，云山满吾庐。安得嵇中散，尊酒相与娱。

周　砥

夜坐怀孝常

待月下石壁，罢琴竹间亭。坐绝百虫响，旅怀才夜宁。天高玉露泻，草木流晶荧。四山湛秋色，万物无隐形。风蝉抱叶落，雪鹊迎云停。此时西涧人，柴门久已扃。谁同展清会，念此风泠泠。世难避空谷，忧思同醉醒。偶适不为贵，人生易飘零。茫茫河汉流，荧惑光众星。干戈未衰息，前途杳冥冥。岁晏有结托，东去浮沧溟。

倪　瓒

池莲咏

回翔波间风，的历叶上露。清池结素彩，华月映微步。云阴花房敛，雨歇芳气度。欲去拾明珰，踟蹰惜迟暮。

叶　颙

渔父曲

雨过暮云收，江空凉月出。轻蓑独钓翁，一曲秋风笛。宿鹭忽惊飞，点破烟波碧。

陈　孚

江天暮雪

长空卷玉花，汀洲白浩浩。雁影不复见，千崖暮如晓。渔翁寒欲归，不记巴陵道。坐睡船自流，云深一蓑小。

何　中

宿田家

村暗烟火生，林深鸡犬静。稻花如积雪，月色淡相映。邻家夜汲归，寒虫满幽径。

七言古

马祖常

湖北驿中偶成

江田稻花露始零，浦中莲子青复青。楚船祠龙来买酒，十幅蒲帆上洞庭。罗衣熏香钱满篋，身是扬州贩盐客。明年载米入长安，妻封县君身有官。

范　梈

奉酬段御史登岳阳楼之作，时分理盗贼至海康

谁能手铺湘水平，划却君山看洞庭。昔人已骑黄鹤去，楼前乱芷春兰青。岂知绣衣后千载，远违凤阙来江城。凭高吊古落日紫，领客置酒开云屏。酒酣点笔赋新句，薄海传诵令人惊。忆我初游白玉京，与君联步趋承明。手宣皇猷敷帝绩，济济学士如登瀛。一行竟堕万里外，回首沧浪思濯缨。守官区区事无补，惟有

169

白发欺人生。祥舸水外万竹底，四时鸟语烟边鸣。忽忽此地复相见，恍如幽梦来仙灵。中宵秣马不遑暇，君又北乡予南征。如兹后会复何日？念之使我双涕零。宫中圣人总四溟，所过海岳须澄清。铁冠峨峨望天下，青霄快展皆修程。由来豺虎伏仁兽，况有鹰隼当秋横。明夜相思隔云雨，月落高台闻笛声。

揭傒斯

曹将军下槽马图

曹霸画马真是马，宛颈相摩槽枥下。卓荦权奇果如此，岂有世上无知者？朱丝不是凡马缰，天闲十二皆龙骧，曾从天子平四方。画图仿佛余骊黄，华山之阳春草长。

萨都剌

芙蓉曲

秋江渺渺芙蓉芳，秋江女儿将断肠。绛袍春浅护云暖，翠袖日暮迎风凉。鲤鱼吹浪江波白，霜落洞庭飞木叶。荡舟何处采莲人，爱惜芙蓉好颜色。

登乐陵台倚梧桐望月
有怀南台李御史艺，七夕后一日也

凉风吹堕梧桐月，泻水泠泠露华白。乐陵台上悄无人，独倚梧桐看明月。月高当午桐阴直，不觉衣沾露华湿。此时却忆在金陵，酒醒江楼听吹笛。

张　翥

范宽山水

忆昔往寻剡中山，南明天姥相萦盘。客路上头穿鸟道，行人脚底踏风湍。旦寒露重多成雨，泄雾濛云互吞吐。仆夫相呼岩壑间，空响应人作人语。溪穷断岸地忽平，石门壁立如削成。隔水无数山花明，中有人家鸡犬声。向来老眼曾到处，此境俱作桃源行。百年留在范宽笔，水墨精神且萧瑟。上有翰林学士之院章，恐是宣和旧时物。林猿野鹤应自在，令我相见犹前日。时平会乞闲身归，一壑得专吾事毕。

许　谦

冯公岭

层峦叠嶂危相倚，乱石飘风涌秋水。寒松荒草间苍黄，照眼峥嵘三十里。初如井底观天门，一峰巍然中独尊。萦回百折至绝顶，俯视众岭来儿孙。人言此山插霄汉，马不容鞭仆夫叹。攀援何异蜀道难，气竭神疲背流汗。熟视徐行路觉平，心宽意适步更轻。志须预定自远到，世事岂得终无成？我来正直穷冬月，倚秋岩前嚼松雪。午店烟生野饭香，阳坡日近梅花发。寄语悠悠行路人，乾坤设险君勿嗔。胸中芥蒂未尽去，须信坦道多荆榛。

陈　基

裁衣曲

殷勤织纨绮，寸寸成文理。裁作远人衣，缝缝不敢迟。裁衣不怕剪刀寒，寄远惟忧行路难。临裁更忆身长短，只恐边城衣带缓。银灯照壁忽垂花，万一衣成人到家。

张　宪

东门行

东都门外古今稀，东宫二傅同日归。百官祖道设供帐，敕赐黄金作酒资。归来日日会亲友，尽卖赐金买醇酒。白头刚傅（萧望之也。）空劳劳，一杯鸩羽不就狱，博得君王祠少牢。

陈桥行

唐宫夜祝邀估烈，忧民一念通天阙。帝星下射甲马营，紫雾红光掩明月。殿前点检作天子，方颐大口空诛死。重光相荡两金乌，十幅黄旗上龙体。中书相公掌穿爪，不死不忍秘《鸿宝》。画瓠学士独先几，禅授雄文袖中草。君不见，五十三年血载涂，五家八姓相吞屠。陈桥乱卒不拥马，抚掌先生肯坠驴。

咸淳师相

咸淳师相专军国，堂吏馆宾供羽翼。诸司百职听使令，台谏承颜言路塞。轮舟五日一入朝，湖山佳处多逍遥。谀言佞语颂功德，边事军声听寂寥。半闲堂连多宝阁，歌姬舞妓相欢乐。十年国势尽倾摧，犹谓师臣堪付托。师臣师臣躬督兵，珠金沙头锣一声。十三万人齐解甲，寡妇孤儿俱北行。君不见，黯淡溪流东复东，木棉花开生悲风。师臣不忍马革裹，厕上有人能拉胸。

卞思义

溪山春雨图

野人结屋临溪上，溪上白云生叠嶂。城中车马自纷纭，朝听樵歌暮渔唱。云林暧靆春日低，小桥流水行人稀。桃花落尽春何处？风雨满山啼竹鸡。

潘 纯

送杭州经历李全初代归

东家老人语且悲，衰年却忆垂髫时。王师百万若过客，青盖夜出人不知。巷南巷北痴儿女，把臂牵衣学番语。高楼急管酒旗风，小院新声杏花雨。比来官长能相怜，民闲蛱蝶飞青钱。黄金白璧驮西马，明珠紫贝输南船。繁华消歇如翻掌，宫中赋敛年年长。里巷萧条去不归，华屋重门结蛛网。语中呜咽不欲闻，道旁虎狼方纷纭。麒麟凤凰那复得，使我益重鄠参军。参军在官近一考，素发萧萧坐成老。上言掣肘下吏骂，赖有闾阎独称好。杭州公事天下繁，大才处决无留难。参军累官日益贵，何术可使斯民安？

杨维桢

杀虎行

> 刘平妻胡氏，从平戍零阳。平为虎攫，胡杀虎争夫。千载义烈，有足歌者，为赋是章。

夫从军，妾从主。梦魂犹痛刀箭瘢，况乃全躯饲豺虎。拔刀誓天天为怒，眼中于菟小于鼠。血号虎鬼冤魂语，精光夜贯新阡土。可怜三世不复仇，泰山之妇何足数？

张　昱

五王行春图

开元天子达四聪，羽旄管籥行相从。当时从驾骊山者，宰相犹是璟与崇。华萼楼中云气里，兄弟同眠复同起。玉环一旦入深宫，大枕长衾冷如水。兴庆池头花树边，梨园小部俱婵娟。杨家姊妹夜游处，银烛万条生紫烟。宁知乐极哀方始，羯鼓未终鼙鼓起。褒斜西幸雨淋铃，回首长安几千里。

郭　珏

长相思

长相思，相思者谁？自从送上马，夜夜愁空帏。晓窥玉镜双蛾眉，怨君却是怜君时。湖水浸秋藕花白，伤心落日鸳鸯飞。为君种取女萝草，寒藤长过青松枝。为君护取珊瑚枕，啼痕灭尽生网丝。人生有情甘白首，何乃不得长相随？潇潇风雨，喔喔鸣鸡，相思者谁？梦寐见之。

五言律

方夔

早 行

早起理归装，残灯耿曙光。开门半山月，立马一庭霜。钟响知云寺，波声认石梁。修途留不住，去去出山庄。

黄溍

抱 琴

三尺枯桐树，相随年岁深。此行端有意，何处托知音？隐隐青山夜，寥寥太古心。空携水仙曲，更向海中岑。

陪仇仁父先生登石头城

谈笑逢诸老，登临失故亭。薄游成汗漫，高步觉玲珑。峡水通吴白，淮山入楚青。平生一杯酒，及此慰飘零。

周　权

野　趣

地偏居自稳，石路接平田。去合茅檐树，雨添花涧泉。空山晴滴翠，远水绿生烟。唤酒青林度，斜阳系客船。

余　阙

吕公亭

鄂渚江汉会，兹亭宅其幽。我来窥石镜，兼得眺芳洲。远岫云中没，春江雨外流。何如乘白鹤，吹笛过南楼。

陈　高

夜半舟发丹阳

舟子贪风顺，开帆半夜行。天寒四野静，水白大星明。长铗归何日？浮萍笑此生。柁楼眠不稳，起坐待鸡鸣。

倪　瓒

听袁子方弹琴

蕙怅凝夕清，高堂流月明。芳琴发绮席，列坐散繁缨。回翔别鹄意，缥缈孤鸾鸣。一写冰霜操，掩抑寄余情。

何　中

雨后晚行

栖鸟黄昏后，归牛苍莽间。水明疑有月，烟淡欲无山。幽谷元非隐，高人自喜闲。徘徊不能去，莎碧更荒湾。

七言律

黄　庚

题吴实斋北山别业

北山佳境胜南山，乘兴登临眼界宽。樵斧伐云春谷暗，渔榔敲月夜溪寒。一区池占林泉胜，四面天开图画看。竹屋数间尘不到，主人日日凭阑干。

张养浩

登泰山

风云一举到天关，快意生平有此观。万古齐州烟九点，五更沧海日三竿。向来井处方知隘，今后巢居亦觉宽。笑拍洪崖咏新作，满空笙鹤下高寒。

虞　集

费无隐丹室

碧云双引树重重，除却丹经户牖空。一径绿阴三月雨，数声啼鸟百花风。年深不记栽桃客，夜静长留卖药翁。几度到来浑不语，独依秋色数归鸿。

送韩伯高佥宪浙西

正月楼船过大江，海风吹雨洒船窗。云消虹霓横山阁，潮落鼋鼍避石矼。阙下谏书谁第一？济南名士旧无双。湖阴暑退多鱼鸟，应胜愁吟对怒泷。

杨　载

暮春游西湖北山

愁耳偏工著雨声，好怀常恐负山行。未辞花事骎骎盛，正喜湖光淡淡晴。倦憩客犹勤访寺，幽栖吾欲厌归城。绿畴桑麦盘樱笋，因忆离家恰岁更。

黄　溍

上岩寺访一公

晓色微茫尚带星，修蹊荦确断人行。独支瘦竹身犹健，高入重云地忽平。落月正当山缺处，细泉频作雨来声。上方灯火青林曲，隐隐疏钟一再鸣。

题观海图

昔年解缆岑江上，初日团团水底红。鼍吼忽摇千尺浪，鹢飞仍挟半帆风。遥看岛屿如星散，只谓神仙有路通。及此栖身万人海，旧游却在画图中。

萨都剌

层楼晚眺

广寒世界夜迢迢，醉拍阑干酒易消。河汉入楼天不夜，江风吹月海初潮。光摇翠幕金莲炬，梦断凉云碧玉箫。休唱当时《后庭曲》，六朝宫殿草萧萧。

宋 无

春日野步书田家

翳日桤阴翠幄遮，莳围高下弈枰斜。陂塘几曲深浅水，桃李一溪红白花。赭尾自跳鱼放子，绿头相并鸭眠沙。春郊景物堪图写，输与烟樵雨牧家。

张 翥

闻归集贤远引奉简一章

故旧相看逐逝波，思归无路欲如何？将军每叹檀公策，朝士徒悲穆氏歌。南海明珠来贡少，中原健马出征多。先生自说将高举，不遣冥鸿到罻罗。

贡师泰

风泾舟中

白发飘萧寄短蓬，春深杯酒忆曾同。落花洲渚鸥迎雨，芳草池塘燕避风。烽火此时连海上，音书何日到山中？故人别后遥相望，夜夜空随斗柄东。

迺　贤

秋夜有怀明州张子渊

云表铜盘挹露华，高城凉冷咽清笳。弓刀夜月三千骑，灯火秋风十万家。梦断佳人弹锦瑟，酒醒童子汲冰花。起看归路银河近，愿借张骞八月槎。

吴师道

赤壁图

沉沙戟折怒涛秋，残垒苍苍战斗休。风火吉年消伯气，江山一幅挂清愁。丈夫不学曹孟德，生子当如孙仲谋。机会难逢形胜在，狂歌吊古漫悠悠。

野中暮归有怀

野田萧瑟草虫吟，墟落人稀惨欲阴。白水西风群雁急，青林暮雨一灯深。年丰稍变饥人色，秋老谁怜倦客心？酒禁未开诗侣散，菊花时节自登临。

许 谦

三月十五夜登迎华观

夜深来此倚阑干，千里楼台俯首看。月到天中花影正，露零平地草光寒。气清更觉山川近，意远从知宇宙宽。长啸一声云外落，几家儿女梦初残。

陈 基

淮阴杂兴

千里相逢淮海滨，一枝谁寄岭梅春。老来易感山阳笛，年少休轻胯下人。失侣雁如秦逐客，畏寒花似楚遗民。每过百战疮痍地，立马西风为损神。

十一月晦与同幕诸公登南高峰因过湖上小集

落日湖头舣画船，买鱼沽酒不论钱。共过天下登临地，却忆官家全盛年。绿水映霞红胜锦，远山凝黛淡如烟。相携此夕干戈际，一听笙歌一慨然。

冯子振

登金山

双塔嵯峨耸碧空，烂银堆里紫金峰。江流吴楚三千里，山压蓬莱第一宫。云外楼台迷鸟雀，水边钟鼓振蛟龙。问僧何处风涛险？郭璞坟前浪打风。

陈　雷

寄刘仲原经历

鸳鸯湖水漾晴晖，镜里遥峰入望微。槐荫午衙书帙静，莲香秋幕吏人稀。青云步稳名逾重，白石歌长愿已违。他日相逢话畴昔，应怜憔悴不胜衣。

张　昱

感　事

雨过湖楼作晚寒，此心时暂酒边宽。杞人惟恐青天坠，精卫难期碧海干。鸿雁信从天上过，山河影在月中看。洛阳桥上闻鹃处，谁识当时独倚阑？

倪瓒

怀归

久客怀归思惘然，松间茆屋女萝牵。三杯桃李春风酒，一榻菰蒲夜雨船。鸿迹偶曾留雪渚，鹤情原只在芝田。他乡未若还家乐，绿树年年叫杜鹃。

吴景奎

望江亭怀古

金刹璇题入绛霄，望江犹自记前朝。群臣痛洒新亭泪，孱主方看浙水潮。故物苍龙蟠石柱，当时丹凤听箫韶。属镂一夜英雄老，曾见鸱夷恨未销。

郭珏

残年

久愁兵气涨秋林，不谓残年寇转深。四野天青烽火近，五更霜白鼓声沉。金张富贵皆非旧，管乐人材不到今。江上米船看渐少，捷书未报更关心。

叶　颙

至正戊戌九日感怀

风急登高野客伤，悲笳声里过重阳。正须击剑论《孤愤》，何暇携壶举一觞！白骨不埋新战恨，黄花空发旧枝香。寒烟冷日东篱下，西望柴桑路更长。

悠悠江影雁南飞，黄菊飘香蝶满枝。斜日西风彭泽酒，殊方异国杜陵诗。烟峦惨淡山林暮，霜叶萧疏草木悲。醉后不思时节异，半欹乌帽任风吹。

仇　远

陪戴祖禹泛湖分韵得天字

冉冉夕阳红隔雨，悠悠野水碧连天。山分秋色归红叶，风约蘋香入画船。钟鼓园林已如此，衣冠人物故依然。当歌对酒堪肠断，倒著乌巾且醉眠。

陈　孚

平　江

沧浪亭下望姑苏，千尺飞桥接太湖。故里空传吴稻蟹，寒祠犹记晋莼鲈。芙蓉夜月开天镜，杨柳春风拥画图。为问馆娃歌舞处，莺花还似昔年无？

鄂渚晚眺

黄鹤楼前木叶黄，白云飞尽雁茫茫。橹声摇月归巫峡，灯影随潮过汉阳。庾令有尘污简册，祢生无土盖文章。阑干只有当年柳，留与行人记武昌。

戴 良

怀宋庸庵

《麦秀》歌残已白头，逢人犹是说东周。风尘颎洞遗黎老，草木凋伤故国秋。祖逖念时空击楫，仲宣多难但登楼。何当去逐骑麟客，被发同为汗漫游。

周霆震

登 城

世祖艰难德泽深，风悲城郭怕登临。九朝天下俄川决，七载江南竟陆沉。马骨空传当日价，鸡声不到暮年心。雨余门外青青草，过客魂销泪满襟。

钱惟善

述怀寄光远并简城南诸友

野人无事久忘机，肯信纷华有是非。花信欲阑莺百啭，麦芒初长雉双飞。书中岁月仍为客，枕上江山屡梦归。时复思君倚深树，不知残雨湿春衣。

送陈众仲之官翰林应奉

画鹢齐飞发棹讴，泛江几日过扬州。晓云最白梅花驿，春雨初香杜若洲。一代文章关气运，十年馆阁擅风流。绿波草色连天远，不是寻常送别愁。

李孝光

饮濡须守子衡君宅

客子东来向西楚，河流兀兀舞轻舠。雪消巢县青山出，雨后焦湖春水高。赖有使君持玉节，未须故旧问绨袍。眼中贺监文章伯，又使时人见凤毛。

八月十六日送张仲举至秦邮驿，是夕邵文卿置酒云峰台望月二首 录一

云峰台上今宵月，奇绝平生此一行。天水光摇秋万顷，星河

凉转夜三更。谪仙被酒骑鲸去，游女吹箫学凤鸣。明发星查上河汉，定传诗话到蓬瀛。

环碧斋

面面溪光护石苔，轩墀无复有尘埃。月涵虚白浮秋去，水泛空青入座来。渔钓儿孙多质朴，啸歌鸥鹭不惊猜。我家亦住沧江曲，千个筼筜绕舍栽。

马　臻

秋日闲咏

西湖晴雨画图间，坐倚阑干自解颜。无酒可供千日醉，有钱难买一生闲。草衰春色来时路，鹤宿秋声起处山。横笛吹残天又晚，钓舟灯火入芦湾。

张　雨

范以善云林清远馆

华阳范监居幽眇，不到元窗未易逢。山气半为湖外雨，松声遥答岭头钟。常闻神女骑龙过，亦有仙人控鹤从。安用乘流三万里，小天元在积金峰。

七言绝

柳　贯

题立仗马图

玉立彤墀气尚粗，食残刍豆更何须？太平未必闲无用，一幅君王纳谏图。

萨都剌

游会仙宫

霏霏凉露湿瑶台，半夜吹箫月下来。山外春风将雨过，满庭撩乱碧桃开。

题淮安壁间

鱼虾泼泼初出网，梅杏青青已著枝。满树嫩晴春雨歇，行人四月过淮时。

秋　词

清夜宫车出建章，紫衣小队两三行。石阑干畔银灯过，照见芙蓉叶上霜。

杨维桢

雨后云林图

浮云载山山欲行，桥头雨余春水生。便须借榻云林馆，卧听仙家鸡犬声。

惟　则

湖村庵即事

竹根吠犬隔溪西，湖雁声高木叶飞。近听始知双橹响，一灯浮水夜船归。